UN GRAND ENLUMINEUR PARISIEN

AU XVᵉ SIÈCLE

JACQUES DE BESANÇON

ET SON OEUVRE

PAR

PAUL DURRIEU

A PARIS

Chez H. CHAMPION

Libraire de la Société de l'Histoire de Paris
Quai Voltaire, 9
1892

Exercice 1891

JACQUES DE BESANÇON

ET SON ŒUVRE

IMPRIMERIE G. DAUPELEY-GOUVERNEUR

A NOGENT-LE-ROTROU.

UN GRAND ENLUMINEUR PARISIEN

AU XVe SIÈCLE

JACQUES DE BESANÇON

ET SON OEUVRE

PAR

PAUL DURRIEU

A PARIS

Chez H. CHAMPION

Libraire de la Société de l'Histoire de Paris

Quai Voltaire, 9

1892

UN GRAND ENLUMINEUR PARISIEN

AU XVᵉ SIÈCLE.

JACQUES DE BESANÇON

ET SON ŒUVRE.

Parmi les branches de l'art qui ont été cultivées d'une manière plus particulièrement brillante à Paris, au moyen âge, il faut ranger tout à fait en première ligne la miniature et l'enluminure appliquées à la décoration des livres. On a souvent constaté, en effet, que, dans cette sphère spéciale, les ateliers parisiens acquirent de bonne heure et conservèrent pendant de longues générations une réputation qui s'étendit jusqu'à l'étranger. Le témoignage de Dante peut être invoqué à cet égard comme une précieuse autorité. Pour le poète de la Divine Comédie, le genre de la miniature, même quand il est pratiqué par un pur Italien, n'ayant rien de commun avec notre pays, tel qu'Oderisi de Gubbio, reste l'art dont le nom même ne peut être séparé du souvenir de la capitale de la France « l'arte che alluminare e chiamata in Parisi[1]. »

Les droits de Paris à réclamer cette supériorité dans le passé ne sont d'ailleurs pas discutés ; et je n'ai pas à m'attarder à les faire valoir. Mais si le fait pris dans son ensemble est chose connue, il n'en est plus de même des détails. Ces miniaturistes qui ont porté si haut le renom de l'école parisienne, quels ont-ils été ? Quels sont les travaux qui les ont surtout mis en évidence ? Et même tout simplement, où pourrait-on aujourd'hui étudier le plus com-

---

[1]. *Purgatorio*, c. XI, t. 27.

plètement leur manière et rechercher les types les plus caractéristiques de leurs créations ? Jamais ces questions n'ont été abordées.

Nous avons bien quelques indications de noms. Les listes de la taille de 1292, par exemple, citent, parmi les habitants de la capitale, plusieurs enlumineurs, Bernar, Baudoin, Nicolas, Guiot, Honoré, Sire Jehan, Sire Heude, Jean L'Englois, Thomas, Grégoire[1]. Plus tard, des pièces de comptes nous font connaître Jean de Montmartre et Jean Susanne qui travaillèrent pour le roi Jean le Bon, Jean le Noir et Bourgot, sa fille, qui reçurent du même roi, en 1358, une maison rue Troussevache. A la fin du xive siècle et au xve, nous avons encore Geoffroi Chose, Robin de Fontaines, Jean de Jouy, Haincelin, Pierre Remiet, Colinet de Merties ou Marties, qui furent employés soit par la reine Isabeau de Bavière, soit par les princes de la maison de Valois-Orléans[2].

Mais, en fait d'histoire de l'art, les noms présentés isolément ne signifient pas grand'chose. Les détails d'ordre biographique eux-mêmes ne viennent qu'en second plan. Ce qu'il importe avant tout de savoir d'un artiste, c'est la valeur de son talent, c'est le rôle qu'il a joué dans le mouvement intellectuel de son temps, le rang qu'il a occupé parmi ses confrères du même métier. Des témoignages précis sur ce point sont indispensables si l'on tient à arriver à des conclusions véritablement décisives. Et ces témoignages, la découverte d'œuvres authentiques, capables de prêter à une étude critique, peut seule les fournir.

C'est dans ce sens que sera dirigé le travail que je soumets ici à l'indulgence du lecteur. Je n'ai pas la prétention d'esquisser un tableau général des destinées de la miniature parisienne à travers les âges. Une pareille entreprise demanderait des développements trop considérables. Mais je voudrais tenter de commencer à jeter au moins un peu de lumière sur un point particulier de ce tableau, en essayant de reconstituer, autant qu'il est possible, la physionomie d'un de ces vieux maîtres miniaturistes qui ont jadis tenu la tête de l'École parisienne. Pour atteindre ce but, nous suivrons la vraie méthode scientifique : nous prendrons comme fondement

---

1. Géraud, *Paris sous Philippe le Bel.* (Collection des *Documents inédits sur l'histoire de France.*)

2. L. Delisle, *Le Cabinet des manuscrits de la Bibliothèque nationale*, I, pp. 16, 36, 50, 113 et 148. — De Laborde, *Les Ducs de Bourgogne*, III, nos 5710, 5771, 6673, 6807 et 6809.

la recherche et le classement des principales productions du maître. Mieux que les documents d'archives, l'examen des œuvres ainsi groupées nous fournira les renseignements qu'il nous est le plus essentiel de posséder, et grâce à cette enquête nous aurons un guide assuré sur ce terrain encore si inconnu.

Le miniaturiste qui doit nous occuper est tout à fait un nouveau venu dans l'histoire de l'art. Son nom, il est vrai, a été imprimé il y a six ans dans le *Catalogue* de la bibliothèque Mazarine, où M. A. Molinier a reproduit la teneur de la note finale de l'office de saint Jean l'Évangéliste, dont nous aurons à faire ressortir plus loin la grande importance. Mais il ne paraît pas que cette indication, que ne signalait, d'ailleurs, aucun commentaire, ait le moins du monde attiré l'attention. Notre miniaturiste ne figure dans aucun des dictionnaires et des répertoires consacrés aux artistes. Vous chercheriez également en vain son nom dans tous les livres où il est question des bibliothèques de Paris ou de la librairie parisienne au moyen âge. Vous ne le trouverez pas davantage, fait encore plus caractéristique, malgré la nature spéciale de l'ouvrage et la date toute récente de sa publication, dans le *Dictionnaire des miniaturistes* de Bradley[1]. Jamais, non plus, on n'a songé à établir le moindre rapprochement entre les diverses œuvres du maître. Jamais on ne s'est avisé de constater, ne fût-ce que pour deux volumes entre eux, ces identités de style et de facture qui attestent dans l'exécution des miniatures la main d'un seul et même artiste.

En revanche, les erreurs se sont accumulées, on a voulu faire de notre enlumineur, homme assurément croyant et pieux[2], mais brave bourgeois et laïque s'il en fut jamais, un « pauvre religieux. » On l'a dépouillé aussi, dans le même ordre d'idée, en faveur d'un certain « frère Jean Rigot. »

Mais on s'est surtout trompé sur son origine et son lieu de domicile. Ce miniaturiste essentiellement parisien, dont les productions constituent en quelque sorte le type même de l'art de l'enluminure à Paris à une certaine époque, a été considéré comme se

---

1. *A Dictionary of miniaturists, illuminators, calligraphers and copyists,* 3 vol. in-8° (Londres, 1887-1889).
2. Voir les termes de la note finale de l'*Office de saint Jean l'Évangéliste.*

rattachant à l'École de Bourgogne[1], ou encore à « une École angevine formée sous les auspices de René d'Anjou, roi artiste[2]. » D'autres critiques et historiens d'art l'ont pris pour un Flamand, pour un disciple de Van Eyck. Que dis-je! On a poussé les choses jusqu'à vouloir reconnaître dans certaines de ses créations la main de Jean Van Eyck en personne[3]!

Mais si la personnalité même de l'artiste est restée ignorée, si nul ne s'est occupé d'opérer des groupements qui s'imposaient cependant avec une telle évidence, la supériorité d'exécution des différentes séries de miniatures sorties de son pinceau, prises chacune isolément, n'a pas passé inaperçue. Dans les différentes bibliothèques publiques qui possèdent des volumes illustrés par lui, on a depuis longtemps été frappé de l'éclat et de l'heureuse invention de ses suites d'images. Partout on a considéré les livres auxquels il a travaillé comme dignes d'être classés au nombre de ces joyaux bibliographiques qui font l'orgueil d'une collection. Partout on les met en première ligne; on les montre avec fierté au visiteur. Ou mieux encore, on les signale d'une manière constante à l'admiration du public en leur accordant une place d'honneur au milieu des expositions permanentes des plus précieuses raretés. C'est ainsi qu'à l'heure actuelle, on peut voir dans les armoires et les pupitres de la galerie Mazarine à la Bibliothèque nationale, parmi les merveilles qui y sont réunies en fait de livres, manuscrits et imprimés, jusqu'à sept volumes ouverts de manière à présenter une page peinte de la main de notre enlumineur[4]. D'autres œuvres de lui s'étalent encore sous vitrine à Paris, au musée de Cluny[5], à la bibliothèque Mazarine[6], à la bibliothèque Sainte-Geneviève[7], comme aussi à l'étranger, à

1. Vente de la collection Hamilton faite à Londres en mai 1889, n° 12 du *Catalogue*.

2. Vente de 1879 de la bibliothèque de Firmin Didot, n° 21 du *Catalogue*.

3. Voir à la fin de notre étude.

4. Bibliothèque nationale, *Notice des objets exposés, Département des imprimés*, n°° 261, 262, 264, 266 et 267 (vitrine XXVII); *Département des manuscrits*, n°° 211 et 212 (armoire XIX). — Voir, à la fin de la présente publication, notre *Catalogue raisonné de l'œuvre*, n°° XXXVII, XLII, XLI, L, XLVIII, XXIV et XXXII.

5. N° V de notre *Catalogue raisonné de l'œuvre*.

6. N° IV de notre *Catalogue raisonné de l'œuvre*.

7. N° XXX de notre *Catalogue raisonné de l'œuvre*.

Londres, au musée Britannique[1], à la Haye, au musée Meermanno-Westreenen[2].

Si parfois des érudits et des historiens de l'art se sont occupés
de ces miniatures, c'est par les épithètes les plus laudatives qu'ils
les ont caractérisées. M. Paulin Paris les qualifie de « superbes »
ou de « très belles. » Il considère les manuscrits qui les renferment
comme des volumes « admirables » ou « dont les ornements sont
faits pour inspirer une véritable admiration. » « Je recommande
ce beau volume aux artistes, » écrit-il à propos de l'un d'eux. « Le
costume, les physionomies et la composition me semblent au
même degré mériter leur attention[3]. » Un autre des livres enluminés par le maître est appelé par M. Ferdinand Denis l' « honneur de la bibliothèque Sainte-Geneviève[4]. » Labarte, parlant
d'une autre série encore de ses miniatures, vante en elles « l'heureuse disposition des groupes, la correction du dessin, l'expression des physionomies, le soin apporté dans le rendu des plus
petits détails, la chaleur et surtout l'harmonie du coloris[5]. » Cette
opinion de Labarte devait être également celle du comte de Bastard. L'auteur des *Peintures et ornements des manuscrits* ne s'est
pas, il est vrai, exprimé en termes formels, mais il a clairement
donné à entendre quel était son sentiment à l'égard du même
manuscrit en projetant d'en faire l'objet d'une reproduction en
fac-similé[6]. Nous pourrions allonger ces citations en mentionnant
encore les appréciations enthousiastes de plusieurs connaisseurs
compétents en la matière, tels que MM. Holtrop, jadis conservateur de la Bibliothèque royale de la Haye, Benjamin Fillon et

1. British Museum, *Guide to the autograph letters, manuscripts, etc.....
exhibited in the department of manuscripts and in the Kings library. Illuminations*, n° 37. — Voir notre *Catalogue raisonné de l'œuvre*, n° XXXV.

2. N° XXXI de notre *Catalogue raisonné de l'œuvre*.

3. *Les manuscrits françois de la Bibliothèque du roi*, I, pp. 23, 43 et 63;
II, p. 256.

4. *Histoire de l'ornementation des manuscrits* (appendice à l'*Imitation* de
Curmer), p. 111.

5. *Histoire des arts industriels*, III, p. 182. — Crapelet avait déjà signalé
le manuscrit en question, comme pouvant « être mis au rang des plus beaux
et des plus précieux de la Bibliothèque royale, » dans l'introduction de sa
publication des *Cérémonies des gages de bataille*.

6. L. Delisle, *Les Collections de Bastard d'Estang à la Bibliothèque nationale*, p. 275.

E. Gautier[1]. Il faut surtout signaler, d'une manière particulière, le jugement de M. Gonse, dans ses notes de voyage en Hollande, d'une critique si éclairée. « Les grandes miniatures, » dit-il, en apportant son tribut d'admiration à un des volumes dont nous aurons à nous occuper, « seraient dignes par leur perfection et leur grand style de la main de Foucquet lui-même. Ce monument de peinture et de calligraphie est certainement l'un des chefs-d'œuvre de cette époque féconde [la fin du xvᵉ siècle][2]. »

Même note aussi dans les catalogues de ventes de certaines grandes bibliothèques particulières qui renfermaient des spécimens du talent de notre enlumineur, comme la bibliothèque Firmin Didot, ou la collection Hamilton, dispersée à Londres il y a deux ans. Les rédacteurs de ces catalogues font à l'envi l'éloge de ces illustrations. Ils signalent « une grande habileté de main, » un « talent de composition très remarquable, » la « plus délicate exécution des moindres détails[3]. »

Mais un fait est peut-être à lui seul plus significatif encore : c'est que quelques-unes de ces créations ont pu paraître d'un mérite assez exceptionnel pour qu'on ait été jusqu'à les attribuer formellement aux plus grands maîtres, à Jean Van Eyck[4] et à Foucquet[5].

Tous ces témoignages, qu'il serait facile de multiplier, méritent d'autant plus d'être relevés et ont d'autant plus de poids ainsi groupés ensemble que, pris un à un, ils sont absolument indépendants les uns des autres. C'est d'une manière toute spontanée qu'ils se sont produits. Il n'y a là ni accord préalable ni, comme il arrive souvent pour les objets d'art, admiration de commande imposée à l'avance par le nom seul de l'artiste. Lorsque, à Londres ou à la Haye, les érudits conservateurs des collections publiques mettaient à une place d'honneur des volumes enluminés par notre

---

1. *Revue des provinces de l'Ouest*, III, pp. 674 et 678; IV, p. 536. — Cf. les nᵒˢ XXXI et XXXI *bis* de notre *Catalogue raisonné de l'œuvre*.

2. Louis Gonse, *De Paris à Amsterdam*, dans la *Chronique des Arts* de 1877, p. 334.

3. Bibliothèque A. Firmin Didot, vente de mai 1879, nᵒ 21 du *Catalogue*. — *Catalogue of manuscripts on vellum chiefly from the famous Hamilton collection* (Londres, mai 1889), lots 12 et 79.

4. Labarte, *Histoire des arts industriels*, III, p. 182.

5. Mʳˢ Pattison, *The Renaissance of art in France*, I, p. 274-275. — Cf. le nᵒ XXII de notre *Catalogue raisonné de l'œuvre*.

miniaturiste, ils ignoraient que le même hommage était également rendu à d'autres œuvres du maître dans les principales
grandes bibliothèques de Paris; et réciproquement. Seul, le
mérite particulier de chaque livre à miniatures pris isolément
a déterminé ces jugements si flatteurs. Les divers connaisseurs
qui les ont portés n'ont pu s'influencer mutuellement. L'accord
unanime que l'on constate entre eux est donc très significatif.
C'est l'attestation la plus évidente de la valeur des œuvres que
nous allons passer en revue. C'est la preuve des droits de leur
auteur à occuper un rang distingué dans l'histoire de la miniature française au moyen âge. Ce rang, nous n'avons, pour ainsi
dire, plus à le réclamer, il lui est déjà décerné à l'avance par le
sentiment général, du moment où il devient constant que tant de
marques d'éloge formulées séparément et sans liens apparents entre
elles s'appliquent en réalité à un seul et même maître miniaturiste. Si même une observation peut être faite relativement aux
conclusions personnelles que nous aurons à exprimer plus loin,
c'est qu'en somme, dans nos appréciations d'ensemble sur le talent
de l'artiste, nous nous montrerons, par comparaison avec nos
prédécesseurs, beaucoup plus réservé et plus disposé à faire la
part aux critiques à côté des louanges.

Pour retrouver en toute certitude les œuvres de notre miniaturiste, dispersées de côté et d'autre, il suffit d'appliquer aux miniatures les mêmes procédés d'analyse dont on use à l'égard des tableaux
et des dessins de maîtres. Un artiste, même secondaire, dès qu'il
possède tant soit peu d'originalité propre, se distingue toujours
dans ses créations par quelque chose de personnel, soit dans le
dessin, soit dans le coloris, la composition ou la facture, qui
n'appartient qu'à lui et qui tient à l'essence même de son talent.
La critique des œuvres d'art, au point de vue des attributions,
consiste précisément à rechercher et à étudier ces traits caractéristiques. Quand on les a une fois saisis et notés, si l'on sait voir et
comparer, on possède en eux un criterium de jugement à peu près
infaillible, sur lequel on est en droit de s'appuyer avec autant de
confiance que sur la présence de signatures ou sur des indications
fournies par des documents. En ce qui concerne particulièrement
notre enlumineur, cette méthode trouve une application aussi
facile que sûre. Sa manière, il est vrai, a subi quelques légères
variations, suivant les époques; mais, en somme, toute sa vie il
est resté fidèle aux mêmes principes généraux; toute sa vie, il a

copié et recopié certains types de prédilection et rendu, d'une manière identique, certains mêmes détails. Pour peu que l'on s'attache à examiner avec attention quelques-uns des livres décorés par lui, et que l'on se familiarise avec le caractère particulier de ses images, on constatera combien il devient vite aisé, avec l'habitude, de reconnaître les pages qui ont été tracées de sa main. Peut-être, au premier abord, hésitera-t-on un peu, si l'on prend immédiatement les extrêmes en rapprochant, sans préparation, les peintures de ses premiers débuts et celles de ses dernières années. Mais c'est qu'un espace de vingt-cinq ou trente ans au moins les sépare. En cherchant bien, on retrouve la série complète des échelons intermédiaires, formant les transitions et établissant un lien d'une continuité ininterrompue entre toutes ces œuvres.

Après une enquête approfondie, poursuivie principalement dans les grandes bibliothèques de Paris, et dans plusieurs de celles de la province et de l'étranger, j'ai pu arriver à grouper un nombre relativement élevé de volumes dont l'illustration est due en tout ou partie à notre enlumineur. Je ne me flatte pas, naturellement, de tout connaître ; et il est plus que probable que la possibilité d'étendre les recherches à d'autres collections encore, publiques ou particulières, pourra, dans l'avenir, apporter un contingent d'additions à ce premier essai. Mais, dès maintenant, le *Catalogue raisonné* que l'on trouvera à la fin de ce travail, auquel il sert de point de départ et de justification, contient déjà l'indication de plus de trois mille cinq cents miniatures susceptibles d'être attribuées, avec une entière certitude, au maître qui fait l'objet de notre monographie, immense galerie où l'observation trouve matière à s'exercer à l'aise.

Parmi les volumes inscrits à notre *Catalogue*, plusieurs portent des indications permettant de les dater d'une manière certaine ou approximative à quelques années près. Nous avons donc ainsi le cadre d'un classement par ordre chronologique. Ces points de repère permettent de reconnaître que, suivant la période de la vie de l'artiste, on constate la présence ou l'absence de telles modifications, de telles particularités de style et de facture, soit dans les miniatures mêmes, soit dans l'ornementation qui les accompagne. A l'aide de ces remarques, en s'appuyant sur les analogies, on arrive à pouvoir apprécier, d'après les livres datés, l'époque d'exécution des livres qui ne le sont pas.

D'autre part, un certain nombre des articles de notre *Catalogue*,

et même la majeure partie, ont une provenance illustre que cons-
tatent des armoiries, des chiffres et des devises. Il est possible de
dresser la liste des personnages pour qui ces volumes ont été à
l'origine exécutés et illustrés. Or, sur cette liste, vient s'inscrire,
on peut le dire, l'élite de la société française au dernier tiers
du xvᵉ siècle. Ce sont, avec les rois de France Louis XI et
Charles VIII, le duc de Bretagne; le duc de Lorraine, René II,
digne héritier des goûts d'artiste de son grand-père le bon roi René;
le comte Charles d'Angoulême, père de François Iᵉʳ; l'infortuné
Jacques d'Armagnac, duc de Nemours, si fin connaisseur en beaux
livres; ce sont encore Philippe de Commynes, et ses collègues
comme chambellans du roi, Antoine de Chourses et Charles de
Gaucourt. Nous voyons aussi les plus grands libraires du temps,
Pasquier Bonhomme, « libraire de l'Université de Paris, » en 1470,
et vingt ans plus tard, le célèbre Antoine Verard, recourir à notre
enlumineur dans les circonstances les plus importantes, quand il
s'agit pour eux de préparer un beau livre destiné au roi de France
en personne. De ceci, il résulte évidemment que le miniaturiste
dont les productions avaient de si hautes destinées était un homme
en vue, très apprécié de ses contemporains, et tenu par eux pour un
des plus habiles de son art.

Enfin, nous sommes autorisé à affirmer à l'avance que c'est à
Paris que cet enlumineur, si fécond et si à la mode pendant un
quart de siècle au moins, avait sa résidence. Les livres eux-mêmes
nous en fournissent une succession de preuves formelles s'espa-
çant entre les années 1470, 1485 et 1490 à 1498[1]. On peut y
ajouter ces remarques que les copistes, libraires ou imprimeurs
avec lesquels on le trouve en relation étaient des gens fixés dans
la capitale, et aussi que, sauf une unique exception, laquelle
s'explique par le fait d'une commande spéciale[2], tous les livres
d'heures, ainsi que tous les missels, enluminés de sa main, sont
toujours à l'usage du diocèse de Paris.

A l'aide de ces éléments divers, nous pourrions déjà tenter une
étude d'ensemble. Il nous manquerait, il est vrai, le nom de notre
miniaturiste. C'est malheureusement ce qui arrive trop souvent
pour l'histoire des arts dans notre pays, antérieurement au

---

1. Voir notre *Catalogue raisonné de l'œuvre*, nᵒˢ XXI, XXII, VI, XXXVI
et suivants.

2. Je veux parler du livre d'Heures de René II, duc de Lorraine.

xvɪᵉ siècle. Dans bien des cas, on est condamné à se résigner à l'ignorance. Mais ici, par une rare bonne fortune, nous échappons à la loi commune.

Parmi les volumes que nous avons à porter en toute certitude à notre *Catalogue de l'œuvre*, il faut ranger un manuscrit de 33 feuillets, de format petit in-folio[1], contenant l'*office noté de saint Jean l'Évangéliste* que possède la bibliothèque Mazarine, n° 461 du nouveau catalogue[2]. Ce volume, d'assez piètre apparence extérieure, se trouve être un véritable document historique pour la librairie parisienne. Il a été écrit et peint pour être offert à la confrérie de Saint-Jean-l'Évangéliste, établie dans l'église Saint-André-des-Arts, confrérie qui réunissait dans son sein « les libraires jurez de l'Université de Paris, » et avec eux les « escrivains, enlumineurs, hystorieurs, parcheminiers et relieurs de livres[3], » en un mot, tous ceux qui tenaient à l'industrie du livre. C'est en 1485 qu'il fut exécuté et donné, et il appartenait toujours à la confrérie de Saint-Jean-l'Évangéliste, lorsqu'en 1656, Jacob Chevallier, « l'un des maîtres et gouverneurs de la confrérie, » le revêtit d'une nouvelle reliure en veau fauve qui subsiste encore[4].

L'illustration de cet office se réduit à deux petites miniatures, dont l'une de dimension relativement très exiguë. Mais ces deux images suffisent pour nous permettre de reconnaître, d'une façon indiscutable, le pinceau de notre enlumineur.

Or, à la fin du volume, on lit cette note conçue en termes touchants, dont il est inutile de faire ressortir l'extrême intérêt : « L'an mil IIIIᶜ IIIIˣˣ cinq [1485], fut fait ce livre, en l'onneur de Dieu et de la glorieuse Vierge Marie et de monseigneur saint Jehan l'Euvangeliste, par Jacques de Besançon, enlumineur, lui estant bastonnier de la confrarie monseigneur Saint-Jehan, fondée en l'eglise Saint-Andry-des-Ars à Paris, pour servir à ladicte confrarie. Et prye aux freres et suers qu'il pryent Dieu et monsei-

---

1. Les feuillets ont 358 millimètres de haut sur 255 millimètres de large.
2. Ancien T. 242. — N° VI de notre *Catalogue de l'œuvre*.
3. *Ordonnances des rois de France*, t. XVI, p. 669.
4. On lit, en effet, sur le plat de la reliure, cette inscription en lettres capitales poussées en or : « Ce livre a esté relié par Iacob Chevallier, l'un des maistres et gouverneurs de la confrairie Saint-Jean-l'Évangéliste, l'an MDCLVI. »

gneur saint Jehan l'Euvangeliste pour lui, et qui plaise au benoit saint accepter le petit don. »

Voilà donc le problème résolu. Si l'auteur des deux miniatures du manuscrit de la Mazarine est Jacques de Besançon, — et nous avons à cet égard l'attestation la plus formelle : « fut fait... *par Jacques de Besançon, enlumineur*, » — c'est également à Jacques de Besançon qu'il faut faire honneur de cette immense quantité d'images de la même main, si justement remarquées dans tant de beaux livres. D'ailleurs, la situation prépondérante de bâtonnier de la confrérie que nous le voyons avoir parmi ses confrères, c'est-à-dire, remarquons-le bien, non seulement parmi les autres miniaturistes, mais parmi tous les grands libraires et éditeurs de Paris à cette époque, est d'accord avec nos données. Elle correspond bien à ce que l'on pouvait attendre, après avoir constaté, par les preuves signalées plus haut, combien la réputation du maître avait dû être grande et persistante aux yeux de ses contemporains.

Il est à espérer que la mise en lumière du nom de Jacques de Besançon éveillera l'attention et qu'une bonne fortune fera peut-être retrouver dans les archives de nouveaux documents de nature à éclairer davantage quelques côtés de sa biographie. Mais, dès aujourd'hui, nous avons à notre disposition, avec quelques renseignements certains, une très notable portion de son œuvre. Et celle-ci suffit pour nous faire connaître l'artiste, et même, jusqu'à un certain point, l'homme lui-même.

Nous ne sommes pas assurément, du moins quant à présent, en droit d'affirmer, preuves en mains, que Jacques de Besançon a vu le jour à Paris même, dans l'enceinte de la ville où devait s'écouler son existence de travailleur. Mais la chose est très vraisemblable. Son nom seul constitue à cet égard une présomption très sérieuse. En effet, contrairement à ce que l'on pourrait être porté à supposer à première vue, le vocable « de Besançon, » loin d'indiquer une origine provinciale, appartient essentiellement au catalogue de la bourgeoisie parisienne. Depuis le xive siècle, nous pouvons relever une assez longue liste de gens portant ce nom, qui habitaient tous à demeure la capitale de la France.

Ainsi, en 1334, nous rencontrons Pierre de Besançon, orfèvre de Paris[1]. Parmi les chanoines de Notre-Dame de Paris, figurent

---

1. Bibliothèque nationale, Cabinet des titres, *Pièces originales*, vol. 321, dossier Besançon, n° 192.

Hugues de Besançon, qui fut chantre de l'évêché de Paris et mourut en 1332[1]; Jean de Besançon, chanoine en 1487; Louis et Thibaut de Besançon, chanoines en 1509 et 1512[2]. Le tableau des magistrats du Parlement de Paris nous permet de remonter plus haut encore. En 1315, Hugues de Besançon est conseiller en la Grand'Chambre; Jean de Besançon, son fils, est à son tour conseiller au Parlement en 1351. Puis viennent plusieurs générations de Jean, de Guillaume et de Louis de Besançon, qui se succèdent dans ces mêmes charges de conseillers au Parlement de Paris jusqu'au xviie siècle[3]. Les membres de cette famille parlementaire avaient fini par arriver à la noblesse et probablement à la richesse. L'un d'eux, « noble homme messire Denis de Besançon, » auditeur des comptes, fils et frère de conseillers au Parlement, s'intitule, sous le règne de Charles IX, « seigneur de Limecourt. » On les voit aussi en relations d'amitié avec les Bullion et les Lamoignon[4]. Mais d'autres Besançon avaient été moins heureux. On en trouve jusque parmi les gens de métier et à une époque relativement rapprochée de nous. Peu de temps avant 1677, mourut à Paris, laissant pour veuve Louise Briqueteux, un certain Thomas de Besançon, qui n'était qu'un simple « juré mouleur de bois[5]. »

Il n'est pas possible d'établir aujourd'hui les liens de parenté plus ou moins éloignée qui pouvaient exister entre tous ces homonymes appartenant à différentes classes de la population de Paris. Mais ces exemples déjà multipliés, et dont il serait facile d'accroître encore le nombre, autorisent tout à fait à penser que Jacques de Besançon devait être, lui aussi, d'extraction purement parisienne.

En tout cas, c'est à Paris que notre enlumineur a fait son éducation d'artiste. C'est dans les ateliers de la capitale qu'il s'est formé. L'étude critique de ses œuvres, et surtout des plus anciennes, ne laisserait déjà aucun doute à cet égard. Mais nous avons mieux encore, car certains manuscrits nous le montrent d'une manière positive collaborant à ses débuts, très en second

---

1. Bibliothèque nationale, Cabinet des titres, *Pièces originales*, vol. 321, dossier Besançon, n° 279.
2. *Ibid.*, n°s 280, 281 et 282.
3. *Ibid.*, n°s 274 et 276.
4. *Ibid.*, n° 294.
5. *Ibid.*, n° 277.

ordre et dans la situation d'un simple élève, avec des maîtres d'une génération antérieure à la sienne, qui, eux, avaient certainement leur résidence établie à Paris[1].

La grande école de miniature parisienne, dont les vieux maîtres en question étaient des représentants, avait atteint son apogée quelque cinquante ans avant l'époque des débuts de notre Jacques de Besançon, lesquels peuvent se placer approximativement vers 1460 environ. Ce point culminant coïncida avec le moment si brillant du règne de Charles VI, qui précéda immédiatement le grand revers d'Azincourt et l'invasion de la France par les Anglais. Dans ces premières années du xve siècle, Paris atteignit sous tous les rapports, mais principalement à l'égard du développement des lettres et des arts, un degré de prospérité exceptionnelle dont le souvenir éb-louissant finit par prendre un aspect presque légendaire.

« L'en souloit [alors] estimer à Paris plus de quatre mil tavernes de vin, plus de quatre-vingt mil mendians, plus de soixante mil escripvains; item de escoliers et gens de mestier sans nombre; item la compaignie prelas et princes à Paris assiduelment conversans, les noblesces, les estas, les richesces et diverses merveilles, solennitez et nouvelletez ne pourroit nulz raconter parfaitement. L'en estimoit l'or, l'argent et pierreries estans aux reliques et vaissellement des églises de Paris, valoir ung grant royaume... Grant chose estoit de Paris, quant maistre Eustace de Pavilly, maistre Jehan Jarçon, frère Jacques le Grant, le maistre des Mathurins et autres docteurs et clercs soloient preschier tant d'excellens sermons; et du beau service divin qu'on y celebroit lors. Item quant les roys de France, de Navarre et de Cecille, plusieurs ducs, contes, prelas et autres seigneurs notables, frequentoient illec assiduelment. Item quant y demouroient maistre Gilles Des Champs, souverain docteur en theologie ; maistre Henry de Fontaines, astrologien ; l'abbé du Mont-Saint-Michel, docteur en droit canon ; l'evesque du Puy, en droit civil; maistre Thomas de Saint-Pierre, en medecine; maistre Gille Soubz-le-Four, en cirurgie; et pluseurs excellens clers de plaisant rethorique et eloquence. Item quant y conversoient maistre Lorent de Premier-Fait, le poete; le theologien alemant, qui jouoit sur la vielle; Guillemin Dancel

---

1. Voir ce qui sera dit un peu plus bas des manuscrits inscrits à notre *Catalogue raisonné* sous les nᵒˢ VII et VIII.

et Perrin de Sens, souverains harpeurs ; Cresceques, joueur à la rebec ; Chynenudy, le bon corneur à la turelurette et aux fleutes ; Bacon, qui jouoit chancons sur la siphonie et tragedies[1] ! »

Guillebert de Metz, auquel nous empruntons ce passage, n'a garde d'oublier dans son tableau ceux qui s'illustraient par la confection de livres de luxe, calligraphes et miniaturistes. Il cite avec honneur « les trois frères enlumineurs, » c'est-à-dire Pol de Limbourg et ses deux frères, après avoir rappelé auparavant « Gobert, le souverain escripvain qui composa l'art d'escripre et de tailler plumes ; et ses disciples qui par leur bien escripre furent retenus des princes, comme le juenne Flamel du duc de Berry, Sicart du roy Richart d'Engleterre, Guillemin du grant maistre de Rodes, Crespy du duc d'Orleans, Perrin de l'empereur Sigemundus de Romme, et autres pluseurs. »

Pour être équitable, Guillebert de Metz aurait dû encore mentionner nombre d'autres miniaturistes, car jamais la capitale de la France ne réunit dans ses murs autant de gens de talent adonnés à cette branche de l'art. Le nom seul du duc de Berry, qui domine tout ce mouvement intellectuel en sa qualité d'amateur hors ligne, suffit à évoquer l'idée des plus splendides manuscrits, ornés d'admirables miniatures. Les auteurs de ces peintures étaient, il est vrai, souvent d'origine étrangère. Mais pour eux tous Paris a été comme une seconde patrie. Les Jacquemart d'Hesdin, les Pol de Limbourg y ont suivi André Beauneveu, de Valenciennes, et le vieux Jean de Bruges. C'est là qu'ils ont achevé de se perfectionner et d'acquérir une délicatesse de style, une fleur d'élégance qu'ont ignorées ceux de leurs contemporains qui n'ont pas, comme eux, séjourné et travaillé à Paris.

Tout cet éclat s'éteignit lorsque survinrent les horreurs de la guerre civile venant se combiner avec les luttes malheureuses contre les Anglais, double fléau entraînant après lui le pillage, la famine, les ruines et les épidémies. Cependant, en ce qui concerne la miniature en particulier, le mouvement ne s'arrêta pas brusquement. Après la mort de Charles VI, dans le second quart du xve siècle, il restait des survivants de la grande époque en pleine possession de leurs moyens. La capitale renfermait notamment

---

1. Guillebert de Metz, *Description de Paris sous Charles VI*, dans Le Roulx de Lincy, *Paris et ses historiens aux XIVe et XVe siècles* (Histoire générale de Paris), p. 232.

encore un atelier de miniaturistes de tout premier ordre, capables d'exécuter des merveilles. Mais hélas ! le roi légitime et les princes du sang de France n'étaient plus là pour encourager ces délicieux artistes. Ils avaient cédé la place aux Anglais triomphants. Ce furent ceux-ci qui cueillirent le fruit de cette seconde floraison; c'est pour le régent anglais, le duc de Bedford, que les chefs de l'École parisienne à cette date exécutèrent leur création type, dont le titre peut servir de désignation à l'atelier, les illustrations du *Bréviaire de Salisbury* [1], chef-d'œuvre trop longtemps attribué aux Van Eyck ou à leur école, qu'il faut revendiquer hautement pour Paris comme lieu d'origine. Nos recherches personnelles nous ont permis de constater que l'atelier des peintres du *Bréviaire de Salisbury* continuait à être en pleine activité à Paris en 1439, époque où Denis du Moulin succéda, sur le siège épiscopal, à Jacques du Chatellier. Son existence dut se prolonger encore quelques années au moins.

Jacques de Besançon se rattache par des liens étroits à ces maîtres parisiens de l'âge d'or et principalement, parmi eux, au groupe des peintres du *Bréviaire de Salisbury*. Sans avoir jamais atteint le talent hors de pair des plus grands d'entre eux, il est véritablement leur continuateur, l'héritier de leurs traditions. Il leur a emprunté leur manière de concevoir l'ensemble d'une illustration, leur échelle de proportion pour les figures par rapport aux cadres, et jusqu'à certains types de visage, aux traits alourdis et un peu vulgaires. Toute sa vie, on peut le dire, il est resté attaché aux enseignements qu'il avait reçus d'eux, soit par des leçons directes, soit par l'étude de leurs œuvres prises pour modèles. Et c'est même un des côtés intéressants à noter chez lui que cette fidélité avec laquelle il a transmis jusqu'à l'extrême fin du xve siècle l'écho des doctrines formulées près de cent ans plus tôt par les artistes du temps de Charles VI.

Jacques de Besançon, comme tout artiste, dut avoir ses années de jeunesse, période de tâtonnements où le débutant s'essaye encore, et n'a pas acquis toute la sûreté de main et la science d'exécution qu'il atteindra un peu plus tard. A cette première période se rattachent évidemment certaines miniatures peintes par notre enlumineur dans cinq livres d'Heures à l'usage de Paris, dont quatre

---

1. Bibl. nat., ms. latin 17294.

sont conservés à l'Arsenal et à la Bibliothèque nationale[1]. Nous trouvons déjà dans ces images les types familiers de l'auteur et les détails caractéristiques qui marquent son individualité; mais le dessin reste maladroit et presque enfantin, la touche rude et grossière.

Cette imperfection relative se montre encore, quoique déjà bien moins accentuée, et, par conséquent, attestant une date moins ancienne, dans les illustrations de deux livrets de petit format et d'apparence assez modeste : un Recueil des règles de l'ordre des Trinitaires ou Mathurins[2] qui a peut-être été fait pour l'historien Robert Gaguin, et qui, en tout cas, lui a appartenu[3], et un *Traité de la vanité des choses mondaines*, composé en 1466, à la requête d'une religieuse du célèbre couvent de Longchamps, près Paris, par le frère mineur Jean Berthélemy[4].

Pour rapporter l'exécution de ces différentes œuvres aux débuts de notre enlumineur, nous n'avons pas seulement comme indices le caractère imparfait de l'exécution. D'autres particularités conduisent aux mêmes conclusions. Ainsi, dans deux des livres d'Heures précités, Jacques de Besançon n'a exécuté qu'une partie de l'illustration[5]. La plupart des images sont dues à d'autres enlumineurs qui étaient d'un âge plus avancé, car on retrouve leurs traces à des époques antérieures. C'est à ceux-ci qu'a été réservée la part principale du travail commun, celle qui, dans les cas analogues de collaboration, revenait au chef d'atelier, comme les grandes miniatures placées aux premières pages du texte. Jacques de Besançon, à côté d'eux, n'a guère été admis qu'à faire la besogne réputée inférieure et souvent abandonnée aux élèves, par exemple, à peindre les petites illustrations du calendrier. Il est donc indiscutable qu'il n'occupait encore à ce moment, parmi les gens du métier, qu'un rang tout à fait secondaire, tel qu'il convient à un nouveau venu, en face des maîtres déjà arrivés.

D'autre part, l'exemplaire du *Traité de la vanité des choses mondaines*, qui doit être déjà sensiblement postérieur aux livres

---

1. Bibliothèque de l'Arsenal, n° 646; Bibl. nat., mss. lat. 10545, 1197 et 1372; collection de l'auteur. — *Catalogue raisonné de l'œuvre*, n°° VII, VIII, IX, X et XI.

2. Bibliothèque Mazarine, n° 1765. — *Catalogue de l'œuvre*, n° XX.

3. Robert Gaguin était ministre général de l'ordre des Mathurins.

4. Bibliothèque de l'Arsenal, n° 5102. — *Catalogue de l'œuvre*, n° XXIII.

5. *Catalogue de l'œuvre*, n°° VII et VIII.

d'Heures en question, a été, comme nous l'apprend une mention formelle, « fait en 1466. » Or, dans l'état actuel de nos connaissances, cette indication d'année est la plus ancienne date certaine que présente l'ensemble de l'œuvre du maître.

Cette première période d'inexpérience relative ne tarda pas à prendre fin. Déjà dans les peintures de ce manuscrit de 1466, les progrès sont assez considérables pour que ces images puissent être classées dans la très bonne moyenne de production de l'École parisienne à cette époque. Quatre ans plus tard, en 1470, Jacques de Besançon avait sa réputation faite et se voyait classé en première ligne parmi ses confrères. La preuve en résulte d'un fait significatif.

En 1469, le roi Louis XI avait fait emprisonner son ancien favori le cardinal Balue. Les biens du cardinal furent confisqués au profit de la couronne, et, parmi eux, toute sa bibliothèque assez riche en livres. Au moment où ces événements se passaient, un certain clerc de Paris, maître Robert du Val, bachelier en théologie, était occupé à transcrire, pour le cardinal Balue, une copie de Tite-Live, et une autre de la traduction latine d'Appien. On mit également la main sur ces deux manuscrits en cours d'exécution, mais on n'arrêta pas le travail; seulement ce fut pour le compte du roi que Robert du Val eut à terminer sa copie. Les deux transcriptions achevées, il fallut les faire illustrer avant de les placer dans la bibliothèque de Louis XI. On chargea de ce soin l'un des quatre libraires jurés de l'Université de Paris, Pasquier Bonhomme, le même qui devait avoir l'honneur, quelques années plus tard, d'imprimer le premier livre en français, avec date, qui soit sorti d'une presse parisienne. Pasquier Bonhomme s'acquitta sans tarder de sa mission. En conséquence, des lettres données le 17 décembre 1470 lui allouèrent une somme de neuf livres tournois « pour avoir fait historier, vigneter et fait certain grant nombre de lectres ès deux volumes de livres cy devant nommez, c'est assavoir audit Titylivyus deux grans histoires et vingt grant lettres, et ou dit Apianus six histoires, la première grande et les cinq autres petites, et deux grans lettres, et iceulx avoir reliez et couvers de cuir vermeil et garniz de clouz et fermouers[1]. »

Les deux volumes dont je viens d'esquisser rapidement l'histo-

---

1. L. Delisle, *Le Cabinet des manuscrits*, I, p. 83.

rique ont tous deux été retrouvés : l'*Appien* à la Bibliothèque
nationale, ayant perdu sa « grande histoire, » arrachée avec son
premier feuillet, mais ayant conservé « les cinq autres petites[1]; »
le *Tite-Live* à la bibliothèque de Tours[2]. L'examen des miniatures qui les décorent l'un et l'autre nous prouve que Pasquier
Bonhomme n'avait pas cru pouvoir faire de meilleur choix parmi
les enlumineurs de Paris que de s'adresser à notre Jacques de
Besançon; c'est lui, en effet, qui a illustré de sa main les deux
volumes destinés au roi Louis XI.

En d'autres temps et avec un souverain plus sensible aux choses
d'art, ce choix si flatteur aurait pu être, pour le futur bâtonnier
de la confrérie de Saint-Jean-l'Évangéliste, le point de départ de
toute une série d'autres travaux à exécuter pour le roi de France.
Mais on n'était plus à l'époque où un Charles V dépensait des
sommes considérables en beaux livres et en illustrations, et
Louis XI, bien qu'il ait devant la postérité le mérite de s'être
attaché Jean Foucquet comme peintre et enlumineur, ne prit
jamais grand souci de sa bibliothèque[3].

A défaut du roi, Jacques de Besançon trouva de riches et puis-
sants clients dans l'entourage du souverain, parmi ses chambellans, comme Charles de Gaucourt, Philippe de Commynes et
Antoine de Chourses. Mais, au premier rang de ceux qui le firent
travailler, se plaça surtout un prince qui était destiné à être une
des plus illustres victimes de Louis XI, le malheureux Jacques
d'Armagnac, duc de Nemours et comte de la Marche, dont on
connaît le sort tragique et la mort sur l'échafaud en 1477.

Le duc de Nemours, par sa grand'mère, Bonne de Berry, femme
du connétable d'Armagnac, descendait en ligne directe du grand
duc de Berry. En lui réapparut cette passion pour les livres et les
miniatures que son illustre aïeul avait eue à un si suprême degré.
Il avait trouvé dans son patrimoine d'admirables volumes provenant, par héritages, du duc de Berry. Il s'efforça à son tour d'augmenter ce premier fonds. Quelques-uns de ses manuscrits furent
exécutés dans ses propres domaines, dans son comté de la Marche
où résidait, à Crozant[4], un excellent copiste nommé Michel Gon-
not; mais il recherchait aussi ailleurs les meilleurs peintres et les

1. Bibliothèque nationale, ms. latin 5785. — *Catalogue de l'œuvre*, n° XXI.
2. N° 984 de Tours. — *Catalogue de l'œuvre*, n° XXII.
3. L. Delisle, *Le Cabinet des manuscrits*, I, p. 74.
4. Creuse, canton de Dun-le-Palleteau.

plus habiles calligraphes. C'est pour lui, on le sait, que Foucquet termina le célèbre *Josephe*, commencé jadis pour le duc de Berry[1].

En 1465, le duc de Nemours fut nommé gouverneur de Paris et de l'Ile-de-France. Cette nomination l'appela dans la capitale, et c'est peut-être ainsi qu'il eut occasion d'apprécier le mérite de Jacques de Besançon.

Il semble que le duc de Nemours ait d'abord pris notre enlumineur seulement à l'essai. Dans celui des manuscrits provenant de la bibliothèque ducale, qui paraît être le plus ancien parmi ceux auxquels il ait été appelé à travailler, Jacques de Besançon n'a peint que la première miniature du volume. Les neuf autres qui lui font suite ont été tracées par une main différente[2]; mais les choses changèrent, et ce fut seul et sans partage que Jacques de Besançon exécuta pour Jacques d'Armagnac la magnifique illustration de trois gros volumes qui comptent à la fois parmi les plus précieuses épaves de la collection du duc de Nemours et parmi les plus remarquables productions de l'artiste, un abrégé de Tite-Live et autres auteurs appelé *Conpendion ystourial* ou *le Mignon*[3] (voir planche II), et deux tomes de la traduction du *Miroir historial* de Vincent de Beauvais[4] (pl. I).

Le *Conpendion ystourial* renferme quarante-cinq peintures dont neuf de grande dimension. Les deux volumes du *Miroir historial* présentent ensemble un total de près de quatre cents miniatures. Ce dernier manuscrit devait être, du reste, hautement apprécié par son premier possesseur. Il y avait fait peindre, en effet, sur le feuillet de garde, en tête du tome II, un très grand écusson à ses armes, accompagné de sa devise, formant comme un superbe *ex libris*, qui ne se rencontre que dans ce seul ouvrage ayant fait partie de sa bibliothèque[5].

---

1. L. Delisle, *Le Cabinet des manuscrits*, I, p. 86.

2. Bibliothèque nationale, ms. français 41. — *Catalogue de l'œuvre*, n° XXVII.

3. Bibl. nat., ms. français 9186. — *Catalogue de l'œuvre*, n° XXV.

4. Bibliothèque nationale, mss. français 50 et 51. — *Catalogue de l'œuvre*, n° XXVI.

5. Plus tard, le manuscrit étant arrivé entre les mains de Pierre de Beaujeu, les armes du duc de Nemours ont partout été recouvertes par celles de la maison de Bourbon. Le *Conpendion ystourial*, au contraire, a passé du duc de Nemours à Tanneguy du Chatel, chambellan du roi. Grâce à cette circonstance, le blason et les marques personnelles de son premier possesseur y sont restés intacts, du moins vers la fin du volume.

Les magnifiques manuscrits du duc de Nemours nous montrent le talent de Jacques de Besançon arrivé à son entier développement.

Lorsqu'on parcourt ces longues et brillantes suites d'images, ainsi d'ailleurs que toutes celles qui se trouvent dans les autres volumes décorés par le maître, ce qui frappe surtout, c'est, avec la science de la composition, la souplesse et l'extrême variété de l'invention. Jacques de Besançon semble vraiment d'autant plus à l'aise qu'il a à grouper ensemble un plus grand nombre de figures, comme dans de grandes pages où il peint le Jugement dernier, le Paradis, l'Enfer, ou encore dans des épisodes de bataille, pleins de vie et d'animation[1]. Dans tous ses tableaux on sent une imagination qui ne se fatigue jamais. Souvent, dans le cours de sa laborieuse carrière, il est arrivé au maître d'avoir à traiter des scènes identiques; parfois même il a recommencé à deux ou trois reprises la série d'illustrations d'un même texte. Quoique tournant ainsi dans un cercle restreint, presque toujours il a su éviter de se répéter servilement. Son esprit ingénieux lui a fourni le moyen de renouveler les sujets battus par des détails pittoresques. Examinons, par exemple, comme modèle de sa manière, la représentation de l'Enfer, dans le *Conpendion ystourial* du duc de Nemours (planche II).

En homme respectueux de la hiérarchie sociale jusque par delà le trépas, notre enlumineur a divisé son enfer en trois zones superposées correspondant aux trois ordres de l'État. En haut, ce sont les gens d'église, papes, cardinaux, prélats, moines, abbés. La plupart semblent devoir leur damnation au crime de simonie, car ils tiennent encore à la main les bulles et les lettres renfermant des collations de bénéfices qu'ils s'apprêtaient à vendre, contre deniers comptants ou riches présents, à d'autres clercs à genoux devant eux, quand la mort est venue les surprendre. La seconde zone, au-dessous du clergé, est réservée à la noblesse. Princes, hauts barons pleins d'orgueil, belles dames chargées d'atours, jeunes seigneurs galamment attifés, tous sont entraînés par une force irrésistible. Ce n'est pas, cependant, sans résistance qu'ils succombent. Au centre même du groupe, un grand chevalier, armé de toutes pièces, visière baissée, essaye de soutenir une lutte suprême, et, faute de lance ou d'épée, détache de furieux coups de

---

1. Voir notamment ms. français 51, fol. 211.

pieds contre la troupe infernale. Vains efforts ! le malheureux porte à ses pieds, suivant la mode du jour, de ces longues poulaines dont le développement exagéré a si fort excité l'indignation des moralistes du moyen âge, et c'est précisément par l'extrémité de cette chaussure qu'un des exécuteurs de Satan le saisit et va le terrasser.

Encore quelques instants et il aura rejoint les infortunés que l'on voit déjà livrés à des supplices variés; pendus, tenaillés, déchirés par les griffes des démons, mordus par d'énormes serpents ou encore liés par couples, sans doute en punition d'amours coupables, et attachés à de grandes broches qui tournent devant des brasiers ardents. Une fois livrés à leurs tourmenteurs, ces damnés du clergé et de la haute société sont dépouillés de leurs ornements pompeux, de leurs habits de velours et de fin drap, mais, par une fantaisie bizarre, le miniaturiste leur conserve jusqu'au bout, alors même que leurs corps nus se tordent dans les flammes, les coiffures qui marquaient dans la vie leurs rangs et leurs dignités, tiares, chapeaux de cardinaux, chaperons fourrés, coiffes de linge fin, hauts bonnets ou hennins à immense envergure, dont la présence en pareille circonstance produit le plus singulier effet.

Moins heureux sont les gens du peuple qui occupent la troisième et dernière zone. Les diables leur ont enlevé tous leurs vêtements avant de les plonger dans de grandes marmites bouillantes ou de les exposer sur une plaine glacée aux morsures d'un froid cruel. Mais beaucoup ont conservé à la main les indices de leur profession, la balance du marchand, l'équerre du maçon, ou encore de grosses liasses de papiers de procédure qui dénotent la présence parmi les réprouvés d'une forte proportion de gens de loi et de chicane.

Ne cherchez pas, dans cette composition, l'intensité d'expression, la puissante émotion dramatique qu'y aurait mises, par exemple, un Jean Foucquet. Ce qui y domine à peu près exclusivement, c'est le côté purement anecdotique. Mais, le genre admis, combien tout cela est vif, amusant, plein d'une verve de bon aloi et toute française de caractère !

Si nous passons à un examen critique plus approfondi, nous constatons encore dans les œuvres du maître une grande finesse d'exécution et une science réelle du dessin et du maniement des couleurs. Dans chacune des figurines les proportions sont excellentes, les attitudes très justes et les mouvements pleins de vérité.

Les mains, spécialement, sont presque toujours traitées d'excellente façon. Le maître montre même, à l'occasion, dans des scènes de martyres par exemple, une certaine connaissance du nu ; souvent on ne pourrait reprocher à ses anatomies qu'une trop grande prédilection pour les formes émaciées, prédilection qui lui est d'ailleurs commune avec presque tous les artistes du xv° siècle. Le coloris est généralement chaud et rendu très brillant par l'emploi des hachures d'or pour marquer les lumières et accentuer le modelé. Il donne aux hommes des carnations vigoureuses et montées de ton, tournant vers le brun, qui contrastent avec le teint plus blanc des visages de femmes aux traits agréables.

Le paysage mérite une attention particulière. Les premiers plans, il est vrai, peuvent laisser à désirer et présentent, parfois, certaines fautes de perspective choquantes ; mais les lointains, au contraire, méritent, dans la plupart des cas, d'être admirés sans restriction. Avec des moyens bien simples, le maître a l'art de dérouler derrière ses figures de profonds horizons baignés dans une douce lumière. Il arrive, sur une surface de quelques centimètres carrés à peine, à donner le sentiment de l'air et de l'espace [1]. C'est là véritablement le côté tout à fait supérieur de son talent. A cet égard, on peut le proclamer, il est bien peu de miniaturistes qui l'aient surpassé ni même égalé.

Voilà pour l'éloge. Il reste à toucher les points faibles.

Le plus grave défaut qui puisse être reproché à notre enlumineur résulte précisément de son savoir même et de sa facilité naturelle. Jacques de Besançon, une fois sorti des tâtonnements du début, paraît s'être laissé endormir par le succès. Il s'est contenté d'appliquer ce qu'il avait appris dans les ateliers, sans chercher à s'élever davantage par un effort personnel plus persistant. Son talent, qui est incontestable, est essentiellement de surface. Ses images sont brillantes, vives, ingénieuses ; mais il y manque l'émotion, sauf dans quelques cas trop rares ; il y manque l'expression des sentiments intimes de l'âme, que Foucquet, à la même époque, savait rendre avec tant de puissance. Il y manque surtout l'obser-

---

1. Quoique privée du charme de la couleur, notre planche I, reproduisant une des petites miniatures du *Miroir historial* du duc de Nemours, avec une prétendue vue de Cologne pour fond, peut jusqu'à un certain point donner l'idée de la manière dont le maître sait traiter ses arrière-plans.

vation de la nature et du modèle individuel. On sent trop dans ses œuvres qu'elles sont faites entièrement de pratique. La formule y est substituée à l'étude patiente de la réalité. De là, à côté d'une remarquable variété d'inventions pour l'ensemble des compositions, une monotonie excessive dans les têtes des personnages prises séparément. Quand on jette les yeux sur une seule de ses miniatures, on est agréablement frappé, au premier aspect, par l'habileté du dessin et la délicatesse du modelé des visages. Les femmes, sans être très distinguées, séduisent par le charme et la grâce. On peut reprocher aux hommes des traits vulgaires, surtout dans la partie inférieure du visage, un gros nez épaté, des lèvres fortes, une mâchoire lourde avançante, ou encore un profil écrasé où le front aplati, l'arête du nez et le menton en saillie sont placés sur une même ligne fuyante. Cependant leurs physionomies sont généralement sympathiques et intelligentes, et, chez les gens d'âge, empreintes de dignité. Mais examinez cinquante, cent, mille miniatures du maître! Voilà que vous rencontrerez partout les mêmes têtes; toujours vous verrez passer et repasser les mêmes modèles déjà vus et revus; vous retrouverez les mêmes vieillards, les uns avec des cheveux longs rejetés en arrière, les autres avec un crâne dénudé, sauf une mèche sur le front qui forme comme une petite houppe; les mêmes soldats aux faces bestiales, coiffés d'un casque hémisphérique qui descend sur le nez en cachant complètement les yeux; les mêmes dames au visage plein, encadré d'une chevelure blonde disposée en deux rouleaux descendant près de l'oreille jusqu'aux épaules. En un mot, vous constaterez que Jacques de Besançon ne sort presque jamais d'une série de types assez peu nombreux correspondant aux différents âges et à certaines conditions sociales, qui ont fini, en quelque sorte, par s'immobiliser sous son pinceau. Qu'il s'agisse de héros appartenant à l'histoire ancienne ou de contemporains de l'artiste; qu'il s'agisse même des personnages les plus augustes de l'histoire sainte ou des divinités païennes, il recourt imperturbablement à son même répertoire restreint, sans faire aucune différence.

Ainsi, le type du vieillard chauve avec une houppe de cheveux sur le haut du front, qui est peut-être chez lui le plus caractéristique [1], lui sert ordinairement à représenter saint Joseph, le plus

---

1. Voir la figure du saint Joseph dans notre planche V.

âgé des rois mages, ou d'autres figures également vénérables. Mais nous voyons aussi ce type, conservant toujours la même gravité, employé ailleurs à personnifier, comme l'indique une inscription explicative, « Liber pater, Deus vini, » Liber, dieu du vin, autrement dit Bacchus ! Dans une miniature qui a pour sujet la chute de Phaëton, à l'endroit où la composition demande un Jupiter foudroyant le téméraire, ce qui apparaît, c'est le buste du Christ bénissant[1]. Cette bizarre uniformité toucherait presque à l'irrévérence, si elle n'avait pour excuse la candeur et la parfaite bonne foi du brave enlumineur.

Ce travail tout de pratique a également l'inconvénient d'exclure l'introduction de l'élément si intéressant des portraits pris sur nature, et même des simples détails exactement vus et rendus. A de très rares exceptions près, dont la plus frappante est dans le livre d'Heures du duc René II de Lorraine, toutes les têtes conservent quelque chose de vague et d'impersonnel. Le caractère d'individualité y fait défaut. Bien plus, il est des cas où la comparaison avec d'autres monuments plastiques contemporains montre formellement l'absence de toute recherche de la ressemblance[2].

Ces défauts devaient se développer de plus en plus avec les années chez Jacques de Besançon. C'est surtout dans les derniers temps de sa carrière, lorsqu'il fut au service d'Antoine Verard, qu'ils devinrent très sensibles. A l'époque où il travaille pour le duc de Nemours, notre enlumineur n'en est pas encore là. Il lui arrive par intervalles de se piquer d'émulation. Il cherche alors, par une attention plus grande, par une exécution plus serrée, à dépasser la moyenne habituelle de ses productions, et le succès n'est pas sans couronner assez souvent ses efforts.

Les observations qui concernent les manuscrits venant du duc de Nemours peuvent également s'appliquer à d'autres volumes enluminés qui présentent absolument le même caractère et qui, par conséquent, doivent remonter à la même période de la vie de l'artiste.

Parmi eux, citons, en première ligne, après avoir mentionné

---

1. Bibl. nat., ms. français 18, fol. 166 et 111.

2. Le fait peut être constaté, comme nous aurons occasion de le dire plus loin, dans les miniatures de présentation peintes par Jacques de Besançon en tête des volumes dont Verard a fait hommage à Charles VIII.

en passant deux missels à l'usage de Paris[1], une série de onze petits tableaux, de 10 à 11 centimètres de hauteur sur 9 à 10 de large, représentant les différentes phases d'un duel ou combat judiciaire, qui illustrent un manuscrit bien connu de la Bibliothèque nationale traitant des *Cérémonies des gages de bataille*[2]. A deux endroits de ce manuscrit, on voit, dans des lettres ornées, les armes du duché de Bretagne sans aucune brisure; il est donc vraisemblable qu'il a été fait pour un duc de Bretagne, c'est-à-dire, d'après la date approximative de son exécution, pour François II, père de la reine Anne. Ses miniatures ont depuis longtemps excité les éloges des critiques d'art. Waagen les a citées à deux reprises dans ses ouvrages[3]; il a été suivi dans cette voie par Labarte[4] et le docteur Rigollot[5]. Le comte de Bastard, ainsi que j'ai déjà eu l'occasion de le dire, voulait les reproduire en facsimilé. Déjà il avait été précédé à cet égard par le libraire Crapelet, qui en a fait l'objet d'une publication spéciale accompagnée de gravures[6]. Aujourd'hui encore, on a consacré leur réputation en les exposant dans la galerie Mazarine, parmi les plus remarquables spécimens de l'enluminure des manuscrits. Ces jolies images méritent, en effet, l'attention qu'on leur a accordée. Elles sont une des œuvres que le maître a caressées avec le plus de soin et le plus de délicate précision dans tous les détails.

Cependant, quelle que soit leur finesse d'exécution, les illustrations des *Gages de bataille* le cèdent sur ce point à celles que Jacques de Besançon a peintes dans un *livre d'Heures*, de format minuscule, ravissant joyau de bibliophile que possède le Musée britannique[7]. Ce délicieux petit livre de poche a appartenu à Pierre de Luxembourg, comte de Saint-Pol, puis, à la mort de

1. Bibl. nat., ms. latin 14282; Bibl. Mazarine, n° 410. — *Catalogue de l'œuvre*, n° I et II.

Le missel de la bibliothèque Mazarine paraît avoir été exécuté pour un chanoine de Paris du nom de Germain du Puy de Rousson.

2. Bibliothèque nationale, ms. français 2258. — *Catalogue de l'œuvre*, n° XXIV.

3. *Kunstwerke und Künstler in Paris*, p. 358; *Manuel de l'histoire de la peinture*, traduction Hymans et Petit, I, p. 168.

4. *Histoire des arts industriels*, III, p. 182.

5. *Histoire des arts du dessin*, II, p. 321.

6. *Cérémonies des gages de bataille*, publiées par Crapelet. (Paris, Crapelet, 1830, in-8°.)

7. British Museum, Egerton ms. 2045. — *Catalogue de l'œuvre*, n° XII.

celui-ci, en 1482, à son beau-frère Philippe de Clèves, seigneur
de Ravestein, qui y a fait ajouter de nouvelles images par un
excellent miniaturiste flamand. Mais il est possible que Pierre de
Luxembourg n'ait été que le second possesseur et que ces *Heures*
du Musée britannique aient été en réalité écrites et enluminées
pour son père, le malheureux connétable de Saint-Pol, qui, en
1475, mourut sur l'échafaud comme le duc de Nemours, et qui,
comme le duc de Nemours aussi, était un amateur de beaux livres.

D'autres manuscrits se rapprochent davantage de ceux de
Jacques d'Armagnac par la grandeur du format et le nombre des
images. Tel est un Boccace, *Des cas des nobles hommes et
femmes*, traduction française de Laurent de Premier-Fait, ne renfermant pas moins de quatre-vingt-quatre miniatures, dont neuf
grandes, qui constituait une des pièces capitales de la partie de
la collection Hamilton vendue à Londres au mois de mai 1889[1].

Telle est encore une *Cité de Dieu*, en français, très grand et
beau volume conservé et exposé avec honneur sous vitrine à la
bibliothèque Sainte-Geneviève[2]. Le texte de ce manuscrit est
signé en encre rouge du monogramme P. R. d'un des meilleurs
copistes parisiens, calligraphe remarquable qui a travaillé notamment pour l'abbaye de Saint-Victor en 1464[3]. La *Cité de Dieu*
de Sainte-Geneviève doit avoir été faite pour un membre du
clergé, ou peut-être pour un riche bourgeois, car on n'y trouve
ni armoiries ni aucune marque héraldique. On y lit seulement,
dans chaque bordure, la devise du personnage qui l'avait commandée : « Va, hastiveté m'a brûlé. » Cette devise permettra peut-
être un jour de découvrir quel fut ce personnage. En attendant,
elle a été l'objet d'une singulière interprétation que je demande
la permission de relever pour montrer combien, en pareille matière,
il faut se défier d'une imagination trop brillante.

Dans ces quelques mots qui sont tout personnels au premier
propriétaire, et qu'il a fait inscrire sur son livre comme une sorte
d'ex-libris, un historien de la miniature a vu l'expression des
pensées secrètes du « pauvre religieux, » auquel il attribue l'enluminure du volume, chez qui « la poursuite d'une perfection
idéale trahit l'amour de l'art » et qui « n'a pas une résignation

---

1. N° 12 de la vente. — *Catalogue de l'œuvre*, n° XXIX.
2. Bibliothèque Sainte-Geneviève, CCF 1. — *Catalogue de l'œuvre*, n° XXX.
3. Bibliothèque nationale, mss. latins 11972 à 11978.

suffisante pour livrer sans regret à la postérité une œuvre qu'il n'a pu amener à sa perfection ; » ajoutant encore que, « dans cette devise du cloître, qui témoigne tout au moins de l'obéissance du vieux moine [!], on devine les désirs de perfection infinie qui ont tourmenté le cœur d'un véritable artiste. » Que de choses, grand Dieu ! dans cette simple devise de possesseur, et qui sont précisément l'antithèse de ce que nous savons maintenant de l'extrême facilité de travail chez Jacques de Besançon, lequel, par parenthèse, à cette époque, n'était pas plus *vieux* qu'il n'était *moine*, et de sa trop grande propension à se contenter du résultat acquis sans viser à chercher le mieux par l'étude.

Cette traduction française de l'ouvrage de saint Augustin, due à Raoul de Presles, était en grande vogue au xve siècle. Pour sa part, Jacques de Besançon n'en a pas enluminé successivement moins de trois copies, plus somptueuses les unes que les autres, car celle de la bibliothèque Sainte-Geneviève n'est que la moins remarquable de beaucoup malgré sa beauté. Qu'est, en effet, le chiffre de vingt-deux miniatures qu'elle contient, comparé aux six cent trente-sept images d'un exemplaire en deux volumes, dont le tome Ier est aujourd'hui à la Haye au musée Meermanno-Westreenen, et le tome II à la bibliothèque de Nantes ! Ces deux volumes, justement admirés, et dignes rivaux du *Miroir historial* du duc de Nemours, permettent d'inscrire un nom illustre sur la liste des clients de notre enlumineur. Ils ont été exécutés pour Philippe de Commynes, dont ils portent les armoiries. Le volume de Nantes a même conservé sa primitive reliure en velours cramoisi avec des ornements dorés ayant la forme des coquilles qui constituaient la pièce principale de son blason [1].

Ce magnifique manuscrit n'est pas le seul qui atteste le goût du grand écrivain pour les productions de notre enlumineur. C'est pour lui encore, à moins cependant que ce ne soit peut-être pour son cousin germain et ancien tuteur Jean, sire de Commynes, que Jacques de Besançon a peint une suite de neuf grandes miniatures et de soixante-dix petites dans les deux tomes grand in-folio d'une traduction française de *Valère-Maxime*, du Musée britannique [2].

Quant au troisième exemplaire de la *Cité de Dieu*, également

---

1. *Catalogue de l'œuvre*, n°s XXXI et XXXI *bis*.
2. Harleian mss. 4374 et 4375. — *Catalogue de l'œuvre*, n° XXVIII.

en deux volumes, ses deux parties sont heureusement restées réunies et sont arrivées ensemble à la Bibliothèque nationale, où l'on peut voir le tome Ier exposé dans la galerie Mazarine, dans la même armoire que le manuscrit des *Gages de bataille*[1] (pl. III).

Cet exemplaire porte aujourd'hui, dans tous les encadrements, les armoiries peintes de Louis Malet de Graville, qui fut amiral de France à partir de 1486 et mourut en 1516. On a supposé, par suite, qu'il devait avoir été fait pour ce personnage[2], hypothèse d'autant plus admissible à première vue que l'amiral de Graville peut, à juste titre, passer pour un des plus grands bibliophiles de son temps. Mais le manuscrit a seulement été approprié après coup pour Louis Malet de Graville. Il avait appartenu à un possesseur antérieur. Les armes de Graville sont peintes en surcharge sur un autre blason, et l'on aperçoit des traces de grattages de devises et de chiffres. Un examen attentif m'a permis de reconnaître le premier blason et de déchiffrer, sous le grattage, la devise « A la première, » et les initiales A. C. réunies par un lacs. Ces divers indices concordent pour attester que la *Cité de Dieu* de la Bibliothèque nationale a été, en réalité, commandée par Charles de Gaucourt, fils du célèbre Raoul de Gaucourt, et, comme son père, chambellan du roi, dont la femme était Agnès de Vaux[3].

Ce manuscrit est un de ceux dont on peut fixer avec certitude l'époque d'exécution. Le copiste a inscrit, à la fin du tome Ier, la date de 1469. D'autre part, la décoration a dû être achevée du vivant d'Agnès de Vaux, car le blason de cette dame était partout accolé à celui de son mari. Or, Agnès de Vaux était morte en 1471. C'est donc entre 1469 et 1471 que Jacques de Besançon en a peint les miniatures.

Ces miniatures ne sont qu'au nombre de vingt-quatre, mais cette série se place en toute première ligne dans l'œuvre de l'auteur, tant sous le rapport de la valeur d'art et de la supériorité de l'exécution que par les dimensions exceptionnelles de certains de ces tableaux qui atteignent jusqu'à 45 centimètres de haut sur 32 de large.

---

1. Bibliothèque nationale, mss. français 18 et 19. — *Catalogue de l'œuvre*, n° XXXII.

2. P. Paris, *Les Manuscrits françois*, I, p. 23.

3. La devise « A la première » se retrouve sur un autre volume de la Bibliothèque nationale, le ms. français 184, également associé aux armoiries des Gaucourt.

Il est encore un autre côté par où cette belle suite mérite d'être l'objet d'une attention particulière. En l'étudiant de près et en la comparant avec les peintures des volumes que nous avons mentionnés antérieurement, on y constate une modification remarquable dans le coloris du maître. Sur sa palette de miniaturiste sont venus se placer des tons très fins, d'une grande harmonie, dans la gamme des gris, des violets et des bruns clairs. Il conserve cependant des notes vives et de couleurs brillantes, mais il les réserve pour les objets de premier plan. Dès qu'il s'avance vers les fonds, il recourt uniquement à ces nuances discrètes. Les personnages placés en avant seront, par exemple, encore habillés de bleu, de rouge et de vert, mais, derrière eux, il n'y aura plus que des vêtements monochromes, bruns ou gris, modelés uniquement par des accentuations du ton local et des hachures d'or comme dans un camaïeu. Ce même parti pris est également appliqué au paysage, et il donne pour les lointains des effets véritablement délicieux de brumes légères et transparentes et de fraîcheurs matinales.

L'apparition de ces harmonies d'une délicatesse raffinée est très intéressante à noter. Jacques de Besançon ne les connaissait pas aux débuts de sa carrière, et, plus tard, il les a abandonnées. Elles sont donc chez lui le résultat d'une influence passagère qui ne s'est fait sentir qu'à une certaine époque. Quant à déterminer de quelle part est venue cette influence, aucun doute, suivant nous, ne peut exister. Ces colorations si fines, ces arrière-plans tenus volontairement dans une légère pénombre, c'est Jean Foucquet qui avait su les trouver et qui, seul alors, en avait donné des modèles achevés. Ainsi, Jacques de Besançon a certainement dû connaître Foucquet, ou, du moins, il a étudié ses œuvres, et il s'est laissé subjuguer, pendant quelque temps, par leur charme irrésistible.

Les dates d'ailleurs ont ici leur éloquence. Nous avons établi que l'exécution des miniatures dans la *Cité de Dieu* de Charles de Gaucourt se plaçait entre 1469 et 1471. Or, c'est précisément l'époque où Jean Foucquet est en grande faveur à la cour de France, l'époque où il reçoit du roi, à l'occasion de la création de l'Ordre de Saint-Michel, des commandes importantes qui doivent forcément attirer sur lui l'attention, et parmi lesquelles se range la peinture du merveilleux frontispice des *Statuts de l'Ordre*, que j'ai eu la bonne fortune d'être le premier à restituer à son véritable auteur[1]. On pourrait même aller plus loin encore. L'historique des manuscrits commencés pour le cardinal Balue nous a montré Jacques de Besançon appelé, en 1470, grâce au choix du libraire Pasquier Bonhomme, à travailler, lui aussi, pour le souverain. Le miniaturiste parisien s'est donc ainsi, à cet instant, trouvé de fait sur le même terrain que le grand artiste de Tours, « peintre et enlumineur du roy Loys onziesme. »

Il existe plusieurs manuscrits peints par Jacques de Besançon où cette même influence des œuvres de Foucquet se fait aussi sentir. Tel est le cas pour deux *livres d'Heures,* dont les illustrations doivent être comptées, à côté de celles de la *Cité de Dieu* de Charles de Gaucourt, parmi les chefs-d'œuvre du maître.

Dans l'un, à l'usage de Paris, appartenant au Musée britannique[2], l'emploi des tonalités discrètes et fines a été étendu, non seulement aux peintures elles-mêmes, mais encore à l'ornementation des marges. Toutes les pages y sont entourées de larges encadrements du goût le plus exquis, formés exclusivement de grands rinceaux violet, rose et or, avec rehauts de gouache.

L'autre *livre d'Heures* faisait partie de la bibliothèque Firmin-Didot[3]. Dans la première grande miniature, Jacques de Besançon, qui, cette fois par exception, a cherché à faire un véritable portrait et semble y être parvenu jusqu'à un certain point, a représenté à genoux, en prière devant la Vierge, un prince armé de toutes pièces, en harnais de guerre et son casque posé à terre près de lui; sur son armure est passée une cotte armoriée. D'après ces armoiries, on doit reconnaître en lui René II, duc de Lorraine, l'adversaire heureux de Charles le Téméraire, petit-fils, par sa mère Yolande d'Anjou, du bon roi René. En se fondant à la fois sur le caractère du style et sur l'air de jeunesse donné aux traits du prince, on peut croire que ces *Heures* ont dû être enluminées par Jacques de Besançon à une époque peu postérieure à l'avènement de René II au duché de Lorraine, qui eut lieu en 1473[4]. Mais est-ce bien le duc de Lorraine qui les a commandées lui-même? Le manuscrit présente cette particularité que le calendrier

---

1. Voir notre étude sur *Une peinture historique de Jean Foucquet,* dans la *Gazette archéologique* de 1890.

2. Add. ms. 25695. — *Catalogue de l'œuvre,* nº XIII.

3. *Catalogue de l'œuvre,* nº XIV.

4. René II était né en 1451. Il avait donc vingt-deux ans quand il succéda, en 1473, à son cousin Nicolas d'Anjou.

placé en tête est à l'usage d'Angers. Cette circonstance fait penser
à l'aïeul du duc, au bon roi René, dont l'Anjou formait l'apa-
nage, et qui était alors encore plein de vie, puisqu'il ne devait
mourir qu'en 1480. Il ne serait nullement étonnant que ce soit
le bon roi lui-même, ainsi que l'a supposé le rédacteur du Catalogue de vente de la collection Firmin-Didot, qui ait lui-même
commandé ce beau *livre d'Heures* pour l'offrir à son petit-fils[1].

En revanche, il faut, suivant nous, se refuser à suivre le même
Catalogue de vente pour une autre hypothèse. Il y est dit qu'une
miniature figurant un combat, la dernière du volume, placée en
tête de l'Office des morts, doit être une représentation de la bataille
de Morat, gagnée par René II de Lorraine sur Charles le Téméraire, en 1476. C'est aller beaucoup trop loin. Les combattants
qui s'entre-choquent portent des armoiries de pure fantaisie qui
n'indiquent ni Bourguignons ni Lorrains. Il n'y a là qu'un
moyen, ingénieusement trouvé du reste pour le *livre d'Heures*
d'un prince guerrier, de renouveler le thème ordinaire des images
relatives aux prières pour les défunts. L'idée principale, ce n'est
pas la bataille, reléguée en arrière, c'est l'enterrement des gens
tués dans le combat qui occupe tout le premier plan. Et la preuve
que cette composition n'a pas de prétentions historiques spéciales,
c'est que Jacques de Besançon l'a répétée presque identiquement
dans un autre *livre d'Heures* de même style, qui figurait à la
vente de la Collection Hamilton, en 1889, et qui ne paraît pas
avoir jamais appartenu au duc de Lorraine[2].

L'influence des œuvres de Jean Foucquet ne persista malheureusement pas chez Jacques de Besançon. Le goût général, en
France, en matière de peinture, vers la fin du xve siècle, tendait
de plus en plus à réclamer, avant tout, le brillant et le riche.
A voir la recherche de l'éclat dans les miniatures du temps de
Charles VIII et de Louis XII, on peut croire que Jean Foucquet
lui-même, avec ses harmonies si fines, mais un peu sourdes, dut
finir par être démodé et par sembler trop terne. Peut-être est-ce

---

1. Jacques de Besançon a parfaitement pu se déranger et s'éloigner momen-
tanément de Paris pour exécuter ce travail. Les gens du moyen âge, en
général, aimaient fort à bouger. A l'occasion d'une seule commande du
comte Charles d'Angoulême, dont nous aurons à parler un peu plus loin,
le libraire parisien Vérard n'hésita pas, à plusieurs reprises, à quitter son
logis du Pont-Notre-Dame pour courir jusqu'à Cognac.

2. *Catalogue de l'œuvre*, n° XV.

là l'explication du jugement de Jean Brèche, l'avocat tourangeau, lorsqu'il place son contemporain Poyet au-dessus des Foucquet.

Jacques de Besançon n'était pas fait pour résister aux impulsions de la mode. Il suivit docilement les indications du goût public. Alors commence pour notre enlumineur ce que l'on peut appeler sa dernière manière, manière qu'il avait déjà entièrement adoptée lorsqu'il peignit, en 1485, l'*Office de saint Jean l'Évangéliste.*

Dans cette dernière manière, Jacques de Besançon revient sans restriction aux tons éclatants et variés, avivés par une profusion de hachures d'or. Il arrive même, à cet égard, à l'abus ; non seulement l'or est prodigué par lui dans les vêtements, mais il va jusqu'à le substituer presque entièrement au jaune pour rendre certains détails du corps humain, tels que les cheveux et les poils des barbes.

Les livres enluminés par Jacques de Besançon, dans cette période qui clôt sa carrière, se reconnaissent encore à un système différent de composition pour la partie décorative, encadrements et bordures.

Du temps où il travaillait pour le roi Louis XI et pour le duc de Nemours, Jacques de Besançon était resté fidèle dans son ornementation à la vieille formule des enlumineurs français de l'âge précédent. Celle-ci consistait, dans ses traits essentiels, à former les encadrements en faisant courir, sur le fond du parchemin laissé blanc, ou quelquefois, mais beaucoup plus rarement, doré en mat, de légères tiges de rinceaux chargées de fleurettes, interrompues de place en place par le motif plus corsé d'une sorte de grande palme aux extrémités frisées, qui se courbe sur elle-même de manière à montrer alternativement ses deux faces, peintes de couleurs différentes, presque toujours l'une en bleu et l'autre en or. Cette formule avait été créée sous Charles VI par les grands miniaturistes de l'École parisienne. On s'en contenta pendant la plus grande partie du xve siècle ; mais, vers 1480 environ, la lassitude était venue ; on voulut inventer autre chose. Le problème du renouvellement du système décoratif fut résolu simultanément à la fois dans le royaume de France et dans les anciens États de la maison de Bourgogne, c'est-à-dire en Flandre, et dans chaque pays par des moyens différents. En Flandre, les miniaturistes de l'École ganto-brugeoise, ayant à leur tête Alexandre Bening, trouvèrent dans l'observation fidèle de la nature une mine inépui-

sable de motifs charmants[1]. En France, on n'alla pas aussi loin ;
on conserva les tiges légères à petites fleurettes et surtout la palme
frisée bleue et or qui, plus que jamais, s'étala partout ; mais on
se rabattit sur les fonds. Au lieu de leur garder, sous les rinceaux,
la teinte naturelle du parchemin, ou du moins une teinte uni-
forme dans toute leur étendue, on les découpa en une série de
compartiments, alternativement de couleurs différentes, blancs
ou dorés, de manière à former une sorte de marqueterie, et en
s'ingéniant à varier le tracé des contours de ces compartiments
qui, tantôt, sont délimités par des lignes purement géométriques
et, tantôt, reproduisent la silhouette d'un objet, une feuille, un
fruit ou encore la fleur de lys héraldique.

Il est très probable que notre Jacques de Besançon dut prendre
une part considérable à cette révolution de l'ornementation. C'est,
en effet, dans les manuscrits enluminés par lui que l'on rencontre, pour la date la plus ancienne, les exemples les plus achevés de ce nouveau style.

Le chef-d'œuvre de Jacques de Besançon, dans sa dernière
manière, est l'illustration d'une *Légende dorée*, exécutée pour
Antoine de Chourses, seigneur de Maigne, chambellan du roi,
et pour sa femme Catherine de Coëtivy (planche IV).

Antoine de Chourses était un amateur, doublé sans doute d'un
lettré, qui avait réuni une des plus belles bibliothèques particulières de son temps. Cette bibliothèque, par une rare bonne fortune, a traversé les siècles sans trop se diviser. Elle est arrivée
presque intacte dans les collections de Mgr le duc d'Aumale, venant
de la Maison de Condé[2]. Cependant, le plus beau des livres qu'elle
contenait, c'est-à-dire précisément la *Légende dorée*, peinte par
Jacques de Besançon, n'a pas suivi le sort des autres volumes.
Après avoir appartenu, au xvie siècle, au cardinal de Bourbon,
cette *Légende dorée* est aujourd'hui à la Bibliothèque nationale[3].

Le manuscrit enluminé pour Antoine de Chourses, sans pouvoir être mis sur la même ligne que ceux de Jacques d'Arma-

---

1. Cf. notre travail sur *Alexandre Bening et les peintres du Bréviaire Grimani*, paru dans la *Gazette des Beaux-Arts* de 1891.

2. *Notes sur deux petites bibliothèques françaises du XVe siècle*, par S. A. R. le duc d'Aumale, dans *Philobiblon Society, Bibliographical and historical miscellanies*. (Londres, 1856.)

3. Mss. français 244 et 245. — *Catalogue de l'œuvre*, n° XXXIII.

gnac, et surtout que la *Cité de Dieu* de Gaucourt, est encore un superbe livre. Antoine de Chourses était mort en 1485. Cette série de miniatures est donc forcément antérieure à cette date, mais son exécution ne doit pas remonter beaucoup plus haut, car une de ses grandes miniatures (celle que nous reproduisons dans notre planche IV) offre une frappante analogie de composition et de facture avec le frontispice du *Missel de la Sainte-Chapelle,* dont nous parlerons un peu plus bas, et qui est de 1491. A cette époque, Jacques de Besançon était devenu chef d'atelier, ayant sous ses ordres des élèves qu'il employait comme auxiliaires. Dans la *Légende dorée* d'Antoine de Chourses, le maître a peint lui-même toutes les grandes miniatures tenant la hauteur des pages; mais, pour les petites qui complètent l'illustration, il a laissé une partie du travail à faire à l'un de ses aides.

Ce même caractère d'ouvrages exécutés sous la direction de Jacques de Besançon, mais en partie seulement de sa propre main, et achevés par des élèves, se retrouve aussi dans deux autres manuscrits que je cite immédiatement, bien qu'ils doivent avoir été exécutés quelques années plus tard, tout à fait à la fin de la carrière du maître. Ces manuscrits, tous deux au Musée britannique, sont surtout intéressants par leur provenance, qui vient ajouter de nouveaux noms à la liste des clients de notre enlumineur. L'un, une *Vita Christi,* en français[1], est aux armes de Georges d'Amboise, le futur cardinal. Le cardinal d'Amboise, on le sait, dépensa, durant son existence, des sommes considérables à faire faire des livres magnifiques ; mais il n'eut pas toujours la bonne fortune de rencontrer des praticiens de la valeur de Jacques de Besançon.

L'autre manuscrit, qui est exposé sous vitrine parmi les plus remarquables spécimens d'enluminure (illuminations), est une *Histoire du Petit Jehan de Saintré*[2].

Ce volume a appartenu à Anne de Graville, la fille de l'amiral. Il est possible que celle-ci le tînt de son père. L'amiral de Graville avait acquis, comme l'attestent ses armoiries qu'il y a fait peindre, la superbe *Cité de Dieu* de Charles de Gaucourt. On

---

1. British Museum, add. mss. 25885, 25886 et 25887. — *Catalogue de l'œuvre,* n° XXXIV.

2. British Museum, ms. Cotton, Nero D. IX. — *Catalogue de l'œuvre,* n° XXXV.

comprendrait que la possession d'un pareil manuscrit lui eût ins-
piré le désir d'avoir d'autres livres enluminés par le même maître.

En continuant notre revue des autres œuvres de la dernière
manière de Jacques de Besançon, nous pouvons passer rapidement, comme peu importants, sur quelques livres d'Heures, dont
deux sont conservés à la Bibliothèque nationale[1], en nous bor-
nant à y noter de nouveaux exemples d'une collaboration pour les
miniatures secondaires.

Mais un autre manuscrit de la Bibliothèque nationale doit
nous retenir un peu plus longtemps. C'est un *Missel* qu'un certain bourgeois et marchand de Melun, nommé Pierre Malhoste,
a fait exécuter à ses frais pour l'offrir à l'église de Saint-Aspais,
et dont le texte a été calligraphié par frère Jean Rigot, religieux
du monastère de Saint-Pierre de Melun[2]. Cette origine est cons-
tatée par une inscription métrique en grosses lettres, alternativement rouges et bleues, que Jean Rigot a placée à la dernière page
du volume :

> L'an quatre cens quatre vings neuf,
> Mil devant, fut escript tout neuf
> Ce present Messel, mot à mot,
> De la main frère Jehan Rigot,
> Religieux du monastère
> De Saint Pere, et le feist faire,
> Pour le service de Dieu, ung
> Bourgoys et marchant de Meleun,
> Nommé par nom Pierre Malhoste.
> Le doulx Jhesus qui tout mal oste
> Le rende et retribue à l'ame
> Dudit bourgoys et de sa femme,
> Ensemble du religieux,
> Là sus où trosne glorieux.

Ce que ces vers ne disent pas, et ce que nous pouvons ajouter
en toute certitude après examen du manuscrit, c'est que Pierre
Malhoste, pour illustrer le volume écrit par frère Rigot, s'est
adressé à Jacques de Besançon. Toutes les miniatures y sont, en
effet, de la main de notre enlumineur. La plus importante est
placée au-dessus de l'inscription, qu'elle complète en quelque

---

1. Bibl. nat., mss. latins 1366 et 1415. Librairie Fontaine, février 1891;
n° 385. — *Catalogue de l'œuvre*, n°° XVI, XVII et XVIII.

2. Bibl. nat., ms. latin 880. — *Catalogue de l'œuvre*, n° III.

sorte. Elle nous montre Pierre Malhoste suivi de ses trois fils, agenouillés au pied d'un Calvaire, ayant en face de lui, également en prières, sa femme et ses cinq filles.

L'inscription du *Missel de Pierre Malhoste* a fait naître une erreur plusieurs fois répétée. Elle est cependant conçue dans les termes les plus clairs. Il y est dit, à propos de Jean Rigot, que celui-ci a « escript » le missel, et rien de plus. Mais, par un abus d'interprétation, on a voulu à toute force que Jean Rigot eût également exécuté les miniatures. Voici comment raisonne à ce sujet l'auteur d'une note publiée dans les *Archives de l'Art français* : « Dans sa naïveté modeste, l'enlumineur poète ne s'est donné que le titre d'écrivain, qualité qui, du reste, à cette époque, comprenait souvent le double talent de miniaturiste et de calligraphe ; mais, si un autre artiste que lui avait concouru à la confection de ce beau manuscrit, il avait trop de conscience pour ne pas le citer dans ses vers et pour ne pas appeler également sur son collaborateur la bénédiction céleste[1]. » L'argument est presque de nature à faire sourire tous ceux qui sont familiers avec l'étude de nos manuscrits du moyen âge. Ils savent que de semblables scrupules étaient tout à fait inconnus au xive et au xve siècle, et qu'au contraire, en règle générale, sauf quelques très rares exceptions, le calligraphe, lorsqu'il lui arrivait d'inscrire son nom dans une souscription finale, ne se préoccupait jamais d'y associer celui de l'enlumineur.

Une fois lancé dans cette fausse voie, on ne s'est plus arrêté. Les répertoires et les dictionnaires spéciaux consacrés à l'art, comme ceux de Siret et de Bérard[2], ont soigneusement enregistré le nom de frère Jean Rigot, transformé désormais en « miniaturiste, » en « artiste de talent » et même rangé au nombre des « peintres éminents[3]. »

L'obligation de restituer à Jacques de Besançon les miniatures si gratuitement attribuées au religieux de Saint-Pierre de Melun remet les choses sous leur vrai jour. Jean Rigot n'a fait et n'a jamais d'ailleurs, lui-même, prétendu avoir fait qu'œuvre de cal-

---

1. *Frère Jean Rigot, miniaturiste et calligraphe*, 1489 ; article communiqué par M. E. Grésy, dans les *Archives de l'art français*, t. V, p. 58.

2. Siret, *Dictionnaire des peintres*, 2e édition. — Bérard, *Dictionnaire des artistes français*, au mot Rigot.

3. Ferdinand Denis, *Histoire de l'ornementation des manuscrits*, p. 85. — Cf. Bradley, *Dictionary of Miniaturists*, t. III, p. 152.

ligraphe dans le missel de Pierre Malhoste. Il n'a donc aucun droit à la place qu'on a voulu lui donner dans l'histoire de l'art français.

En dépit de son inscription commémorative où perce la vanité bourgeoise du marchand de Melun, le missel de Pierre Malhoste n'est, en somme, qu'un manuscrit assez ordinaire. Il ne peut soutenir aucunement la comparaison avec un autre *Missel,* également orné de miniatures par Jacques de Besançon, qui est conservé à la bibliothèque Mazarine[1]. Ce missel a été probablement fait pour la Sainte-Chapelle de Paris. Du moins c'est la Sainte-Chapelle qui l'a possédé jusqu'à la Révolution. De tous les manuscrits de cet ordre peints par notre enlumineur qui existent encore entiers, celui-ci, d'un très grand format et d'une superbe condition matérielle, est, de beaucoup, le plus beau à tous égards.

On peut en toute vraisemblance reporter son exécution à l'année 1491. En tout cas, il n'a pas été terminé avant cette date. En effet, dans une des miniatures de Jacques de Besançon, représentant la Nativité de la Vierge, au-dessus du grand lit à baldaquin où repose sainte Anne sous les traits d'une accouchée du xve siècle, on aperçoit par une fenêtre, dans l'azur du ciel, l'écusson royal de France surmonté d'une tige de lis au naturel, dont la plus haute fleur épanouie porte une petite figure de la sainte Vierge. Auprès de cet écusson, une banderole porte écrits les mots : « Ego flos campi et lilium convalium. » La présence des armes royales dans le tableau où la Mère de la Vierge joue le principal rôle offre une signification facile à saisir. Il y a là une allusion à l'avènement au trône de France d'une reine ayant sainte Anne pour patronne, c'est-à-dire à Anne de Bretagne. Or, c'est en 1491 qu'Anne de Bretagne épousa Charles VIII.

Le *Missel de la Sainte-Chapelle* a eu autrefois un rival, parmi les œuvres de Jacques de Besançon, dans un autre *Missel* qui paraît l'avoir égalé, si même il ne le surpassait peut-être pas, par le luxe de la décoration. Malheureusement, ce missel a subi le sort de tant de beaux volumes qui ont stupidement péri sous les mains barbares des découpeurs de miniatures. Nous n'en connaissons plus que deux fragments, dont la grande miniature du canon, qui sont exposés au musée de Cluny[2].

---

1. Bibliothèque Mazarine, n° 412. — *Catalogue de l'œuvre,* n° IV.
2. *Catalogue de l'œuvre,* n° V.

Le missel de la Sainte-Chapelle nous montre Jacques de Besançon encore en pleine possession de son talent à l'époque du mariage d'Anne de Bretagne.

Il n'avait rien perdu, lorsque l'année suivante, le 15 décembre 1492, il acheva de décorer un *livre d'Heures* pour un membre de la famille Le Jay, de la riche maison bourgeoise de ce nom, qui a donné des échevins à la ville de Paris au xve et au xvie siècle, puis un premier président au Parlement sous Louis XIII, sans parler de l'avocat Guillaume Le Jay, l'éditeur de la Bible polyglotte[1] (voir la planche V).

L'origine de ce manuscrit est attestée par la présence des armoiries et de la devise des Le Jay. En outre, par un de ces jeux de mots comme on les aimait alors, on trouve peint dans toutes les bordures l'oiseau qui constituait pour la famille un emblème parlant, « le geai, » qu'elle avait également placé dans son blason.

L'illustration des *Heures de Le Jay* est entièrement de la main de Jacques de Besançon, et le maître a apporté à ce travail, caressé avec un soin particulier, toute sa finesse d'exécution. A cet égard, ces heures de 1492, malgré leur époque tardive, l'emportent peut-être sur tous les autres manuscrits du même genre que nous avons eu occasion de citer, à l'exception de ceux qui ont été exécutés pendant l'heureuse période où Jacques de Besançon cherchait à se rapprocher de Foucquet et du petit livre d'heures du comte de Saint-Pol.

Dans l'état actuel de nos connaissances, le *livre d'Heures de Le Jay* est, parmi les manuscrits enluminés par Jacques de Besançon, le plus récent de ceux qui ont une date certaine. Avec le *Missel de la Sainte-Chapelle*, il ferme notre série chronologique. Ces deux volumes, l'un si luxueux, l'autre d'une exécution si soignée, sont dignes de clore la longue suite de beaux livres qui viennent d'être passés en revue.

Entre temps, tout en poursuivant ses actifs travaux, Jacques de Besançon était devenu, en 1485, bâtonnier de la confrérie de Saint-Jean-l'Évangéliste, et avait donné à sa confrérie l'*office* que conserve la bibliothèque Mazarine[2].

---

1. Collection de l'auteur. — *Catalogue de l'œuvre*, n° XIX. — On peut noter, à titre seulement de rapprochement curieux, et sans y attacher d'autre importance, qu'au xvie siècle il y eut alliance entre la famille Le Jay et des Besançon, une Madeleine Le Jay ayant épousé un Charles de Besançon.

2. Bibliothèque Mazarine, n° 461. — *Catalogue de l'œuvre*, n° VI.

Cette élévation au poste le plus éminent parmi ses confrères suffirait à elle seule à attester, d'une façon formelle, les attaches éminemment parisiennes de notre enlumineur. Pour être ainsi arrivé à franchir le degré suprême de la hiérarchie, il fallait que Jacques de Besançon, à cette époque, appartînt déjà de longue date à la corporation, et par conséquent qu'il fût depuis bien des années établi dans la capitale à travailler et à conquérir sa réputation.

Ce fait est encore significatif sous un autre rapport. La confrérie de Saint-Jean-l'Évangéliste comptait dans son sein tout ce qui, à un titre quelconque, s'occupait à Paris de la confection et du commerce des livres. Jacques de Besançon s'y trouvait donc en ligne avec les grands libraires et les copistes en renom. Or, il est certain que, vis-à-vis des calligraphes et des marchands libraires, les enlumineurs de profession, en laissant de côté bien entendu les artistes attachés à la maison d'un prince, avaient une situation inférieure. M. Delisle a justement signalé le fait pour les époques anciennes, et on peut le vérifier en maintes occasions. Au xv⁰ siècle, l'enlumineur ne venait qu'en sous-ordre. Entre lui et le client se dresse un intermédiaire qui est le libraire. C'est ce dernier qui agit, qui reçoit les commandes et qui en touche le prix, effaçant ainsi la personnalité du peintre en miniature qui travaille à son service.

Les choses ne se sont pas autrement passées pour Jacques de Besançon lui-même. Nous avons deux pièces comptables concernant des travaux qui ont été certainement exécutés par lui[1], et cependant son nom n'est nulle part inscrit dans ces pièces. On n'y mentionne chaque fois que le libraire : Pasquier Bonhomme en 1470, Antoine Vérard en 1494.

Étant données ces conditions, l'élévation de Jacques de Besançon, un simple enlumineur, au rang de bâtonnier dut être évidemment un fait très exceptionnel dans les annales de la confrérie de Saint-Jean-l'Évangéliste. Nous pouvons y voir une preuve éclatante d'estime. Il n'est pas téméraire non plus d'attribuer à un sentiment de juste orgueil, chez celui qui en était l'objet, le don fait par lui à la confrérie, pendant qu'il était en charge, de cet

---

1. La pièce relative aux manuscrits du cardinal Balue terminés pour Louis XI, dont un passage a été cité p. 17, et le compte des livres fournis par Vérard au comte d'Angoulême, dont il sera question plus loin.

office de Saint-Jean où, pour la seule fois de sa vie, il a inscrit son nom à la suite de son œuvre, en ayant soin d'y ajouter la mention de sa dignité passagère.

Fondée de longue date à Paris, la confrérie de Saint-Jean-l'Évangéliste avait eu jadis son heure de grande prospérité correspondant à ces temps si brillants qui précédèrent les désastres des premières années du xve siècle. Alors « les confrères de ladicte confrairie estoient en grant nombre riches et oppulans, tant à l'occasion de la demeure des... roys de France en la ville de Paris, que autres seigneurs du sang et autres estrangiers de divers royaumes et nations y affluans, et aussi de la populacion et augmentacion de l'Université et fréquentacion de marchandise en ladite ville de Paris. » Aussi leur suffisait-il pour faire face aux charges de la confrérie d'une cotisation minime de douze deniers parisis par an. Puis les choses avaient changé. Il était survenu en la ville de Paris « grant guerres, famines et mortalitez et autres pestilences ; » de plus, les rois « et autres grans seigneurs et gens estrangiers et autres populaires » avaient cessé d'habiter la ville. Dans ces conditions les ressources devinrent insuffisantes. Pour éviter la ruine, la confrérie dut s'adresser au roi Louis XI ; celui-ci, par une ordonnance rendue à Chartres au mois de juin 1467, lui octroya l'autorisation d'augmenter le montant de la cotisation annuelle, et en outre de prélever une sorte de droit d'inscription de vingt-quatre sous parisis « sur ceulx qui seront d'ores en avant creez libraires, écrivains, enlumineurs, relieurs de livres et parcheminiers, qui vouldront tenir ouvrouer [atelier] », et de huit sous sur « les nouveaulx apprentiz desdites sciences et industries [1]. »

A l'époque où Jacques de Besançon en devint bâtonnier, une crise bien autrement grave menaçait, sinon la confrérie tout entière, du moins deux de ses éléments principaux ; les copistes de manuscrits et les enlumineurs, qui jadis étaient les seuls maîtres du terrain, voyaient tout à coup se dresser devant eux une concurrence terrible née de l'invention et des progrès de l'imprimerie et de la gravure. Entre les nouveaux procédés mécaniques et l'ancien mode de travail qui ne mettait en jeu que la main de l'homme, armée simplement de la plume et du pinceau, l'issue de la lutte ne pouvait pas être et ne fut pas longtemps douteuse. Encore une

---

1. *Ordonnances des rois de France*, t. XVI, p. 669.

génération à peine, et le manuscrit devait pour jamais céder la place à l'imprimé, comme l'enluminure à l'image gravée.

Elle offrirait sans doute bien des épisodes lamentables à citer, si nous possédions assez de documents pour pouvoir l'écrire en détail, cette histoire de la décadence de deux arts aussi florissants que la calligraphie et la miniature ainsi brusquement frappés à mort en pleine prospérité par un coup irrémédiable. La biographie de Jacques de Besançon suffit déjà à elle seule à nous ouvrir de tristes aperçus à cet égard. En 1492, l'année par conséquent à laquelle nous reporte le plus récent des manuscrits à date certaine auquel il ait travaillé, l'ancien bâtonnier de la confrérie de Saint-Jean-l'Évangéliste, en dépit de ses longs travaux, et malgré sa position prépondérante parmi les gens du métier, était si mal dans ses affaires qu'il se trouvait hors d'état de rembourser une somme de dix-sept livres empruntée par lui solidairement avec un certain Guillaume Fossemalart. Si bien que son créancier, maître Audry Poulayne, le poursuivit et le fit exécuter judiciairement par-devant la cour du Châtelet[1]. Où trouver un plus frappant exemple des difficultés créées presque du jour au lendemain par les récentes inventions, même aux praticiens les plus en vogue !

Avant tout il fallait vivre. Jacques de Besançon dut se résigner à imiter l'exemple que lui avaient déjà donné plusieurs de ses confrères, et, comme eux, à passer à l'ennemi, c'est-à-dire à abandonner l'illustration des manuscrits pour s'adonner à celle des livres imprimés.

Cette évolution se fit du moins pour lui dans des conditions particulièrement honorables. S'il entra au service d'un libraire de livres imprimés, ce libraire fut le plus en vue de ceux qui étaient alors établis à Paris, le célèbre Antoine Vérard. Et la situation qui lui fut faite chez Vérard, ou, comme nous dirions aujourd'hui, dans la maison Vérard, équivalut à celle d'un chef d'atelier.

Ce serait une physionomie parisienne bien intéressante à mettre en lumière que celle d'Antoine Vérard, le grand « marchand libraire, » comme il se dénommait lui-même, de la fin du xve siècle et du commencement du xvie. Mais il y aurait trop à dire, car les

---

1. Bibl. nat., collection Clairambault, n° 765, p. 156; d'après un registre (lequel paraît aujourd'hui perdu) des audiences du Châtelet, commençant à Pâques 1492.

travaux antérieurs de Renouvier et d'Auguste Bernard n'ont fait
qu'effleurer à peine le sujet. Je me bornerai ici à rectifier en passant, uniquement sur un point, l'opinion généralement admise.
On a fait d'Antoine Vérard à la fois un calligraphe, un imprimeur, un enlumineur et un marchand. Parmi ces qualifications,
il en est une qu'il faudra rayer, celle d'enlumineur. De la boutique d'Antoine Vérard sont sortis, il est vrai, des livres richement ornés de miniatures. A cette époque de transition, les produits ordinaires de la typographie, tels que pouvait les fournir
directement la presse à imprimer, n'étaient jugés bons que pour
le vulgaire. Pour le souverain et les grands seigneurs, on voulait
se rapprocher davantage de l'aspect extérieur des anciens manuscrits. On exécutait donc à leur intention des exemplaires de luxe
tirés sur parchemin, qui étaient ensuite décorés et illustrés à la
main. De tous les marchands libraires de Paris, Vérard est celui
qui a fourni le plus gros contingent à cette classe de volumes
exceptionnels. Mais ce n'est pas lui en personne qui en a peint
les miniatures. Il s'est borné au rôle d'un éditeur de livres et d'estampes qui commande et qui dirige, sans mettre matériellement
la main à l'œuvre. Tout le travail de décoration a été exécuté
simplement sous ses ordres, par des enlumineurs de profession
qu'il avait pris à ses gages, et, parmi eux, au premier rang, par
Jacques de Besançon.

C'est précisément à l'époque, et sans doute à la suite de ses
malheurs d'argent, vers la fin de 1492 ou au commencement de
1493, que Jacques de Besançon paraît s'être mis au service de
Vérard. Le plus ancien volume publié par le grand libraire
parisien où il ait peint des miniatures semble en effet être un
exemplaire d'une édition « de la bataille judaïque » de Josèphe,
« accomplie le septiesme jour de decembre mil CCCC quatre vingz
et douze [1]. »

Antérieurement à cette époque, Vérard avait déjà son atelier
d'enluminure monté. Il y avait attiré quelques-uns des plus habiles
gens du métier résidant alors à Paris. Ces divers enlumineurs,

---

1. *Catalogue de l'œuvre*, n° XXXVII. — On trouve, il est vrai, des enluminures d'images de la main de Jacques de Besançon dans un exemplaire
de *l'Art de bien mourir*, édition imprimée quelques mois plus tôt, le
18 juillet 1492 (*Catalogue de l'œuvre*, n° XXXVI). Mais, dans l'exemplaire
en question, la mise en couleurs des illustrations paraît avoir été effectuée
à une époque postérieure à l'impression.

dont nous n'avons pas à nous occuper dans cette monographie spéciale, continuèrent à travailler pour lui dans la suite. Mais du jour où Jacques de Besançon arriva au milieu d'eux, ils s'effacèrent tous devant le nouveau venu. A l'ancien bâtonnier de la confrérie de Saint-Jean-l'Évangéliste échut un véritable monopole des ouvrages les plus importants pour la maison, ses collaborateurs se trouvant désormais à son égard relégués au second plan, comme vis-à-vis d'un chef d'atelier. Pendant plusieurs années, ce fut à lui que Vérard recourut de préférence dans tous les cas où il devait désirer, pour une raison particulière, que certaines miniatures fussent traitées d'une manière aussi brillante que possible.

Ainsi Vérard avait l'habitude d'offrir un exemplaire de ses publications au roi de France. La préparation de ces exemplaires royaux, tirés sur vélin, était, comme il convient, l'objet des plus grands soins. Parfois le grand libraire y mettait une dédicace spéciale qui n'était imprimée que là; ou encore il n'hésitait pas à remanier la composition typographique afin de ménager des blancs, pouvant permettre d'introduire après coup un complément de figures qui n'existaient pas dans l'édition. Mais c'était surtout sur la décoration que portaient ses efforts. A cet égard, recourant à l'art de l'enluminure, il ne se contentait pas de faire rajouter à la main, soit dans le texte, soit sur les marges de ses superbes volumes, des suites souvent nombreuses d'images en couleurs. Il empruntait encore aux anciens errements suivis jadis pour les manuscrits l'usage de placer en tête de l'ouvrage une grande miniature de présentation, où il se faisait peindre, lui en personne, venant faire hommage de l'exemplaire au roi Charles VIII. Cette page, destinée à être mise la première sous les yeux du souverain, constituait la pièce capitale de l'illustration, celle qui avait dans le volume la plus grande dimension et était entourée des plus riches encadrements. Or, à dater de 1493, dans tous les exemples que nous avons pu vérifier, nous constatons que l'honneur d'exécuter ces miniatures de présentation a toujours été réservé par Vérard à Jacques de Besançon[1], nouvelle preuve venant s'ajouter à toutes les autres de la réputation incontestée de notre enlumineur.

---

1. *Catalogue de l'œuvre*, n°ˢ XXXVII, XXXIX, XLII, XLVI, XLVIII, XLIX, LI, LVI, LX et LXIV.

Cette série des miniatures de présentation peintes par Jacques de Besançon, dans les volumes offerts à Charles VIII, fournit dans son ensemble un des plus frappants exemples de la fertilité d'invention chez le maître. Le thème y est toujours pareil. C'est toujours Antoine Vérard, un genou en terre et tête nue, tendant un volume au souverain qui avance la main pour le prendre. Mais Jacques de Besançon a chaque fois su varier le lieu et les circonstances de la scène. Ici, le roi reçoit le libraire alors qu'il trône dans tout l'appareil de la majesté entre les douze pairs de France[1]. Là, c'est au milieu de sa cour, entouré d'un cortège de seigneurs et de dames[2], ou encore ayant à ses côtés soit la reine Anne de Bretagne[3], soit un prince du sang, qui doit être probablement son beau-frère, Pierre de Beaujeu[4]. Ailleurs, c'est dans sa chapelle, pendant qu'il est en oraison[5], où sur le grand chemin, au moment où il se met en campagne, à cheval, armé de toutes pièces, à la tête de ses troupes[6]. Cette dernière miniature se trouve dans un livre exécuté probablement à la fin de 1492 ou au commencement de 1493. Si elle avait été peinte à une date plus récente d'un an ou deux, on serait tenté d'y voir la figuration du départ pour l'expédition d'Italie. Ailleurs encore, c'est dans une forêt, au milieu d'une partie de chasse[7], ou dans une tribune du haut de laquelle il assiste à un tournoi, que Charles VIII voit Vérard venir s'agenouiller devant lui[8].

En réunissant ces images, on formerait un véritable album de scènes de la vie de Charles VIII. On y suivrait le monarque dans l'exercice de ses prérogatives royales, en paix comme en guerre, dans ses actes de dévotion et jusque dans ses plaisirs. Combien une pareille série offrirait un vif intérêt historique, si à la variété des sujets venait s'ajouter l'exactitude des détails ! Mais hélas ! plus que jamais ici nous sentons le côté faible de notre enlumineur. Au lieu d'être prises sur nature, toutes ces scènes, qui pourraient être si curieuses, sont faites d'imagination. Rien de plus

---

1. *Catalogue de l'œuvre,* n° XLII.
2. *Ibid.,* n° XXXIX.
3. *Ibid.,* n° LX. — Cf. n° LVIII.
4. *Ibid.,* n° LI.
5. *Ibid.,* n° XLVI.
6. *Ibid.,* n° XXXVII.
7. *Ibid.,* n° XLIX.
8. *Ibid.,* n° XLVIII.

banal que les physionomies données aux acteurs. Dans la tête
du roi lui-même jamais aucun effort pour chercher la ressemblance des traits, et particulièrement de ce nez busqué, si caractéristique chez Charles VIII, que d'autres miniaturistes à la même
époque savaient au contraire si bien saisir. Seule peut-être, la figure
d'Antoine Vérard, représenté toujours avec le même costume, la
même coupe de visage et le même arrangement des cheveux, peut
avoir quelque prétention au véritable portrait. Partout ailleurs
nous ne sentons qu'un travail de pratique.

Autre symptôme encore du prix particulier attaché aux œuvres
de Jacques de Besançon : Vérard en général ne les prodigue pas.
Il les ménage au contraire comme chose de valeur, en ne donnant
au maître qu'un nombre restreint d'images à peindre dans chaque
volume et en faisant ensuite compléter la besogne par ses autres
ouvriers. Dans certains cas même la part de notre enlumineur à
l'œuvre ainsi exécutée en commun se réduit à la seule miniature
de présentation, ou à deux ou trois autres grands sujets d'une
importance analogue[1]. La règle cependant n'a rien d'absolu. A
l'occasion, Jacques de Besançon est également chargé d'un rôle
plus actif; il exécute dans leur entier de longues séries d'images[2];
parfois même, ô décadence ! ce ne sont plus de véritables miniatures qui lui sont demandées; on se borne à lui faire colorier les
gravures sur bois tirées dans l'édition[3]. Mais alors le travail
devient singulièrement plus rapide et grossier. On sent que le
maître est distrait[4] et qu'il dédaigne d'apporter ses soins à cette
besogne inférieure.

D'ailleurs, en thèse générale, les miniatures peintes par Jacques
de Besançon dans les imprimés ne peuvent être mises sur le même
rang que celles des manuscrits. La délicatesse dans l'exécution y
est trop souvent remplacée par la recherche de l'éclat, poussée jusqu'à l'excès par l'abus de l'emploi des couleurs vives et des
hachures d'or. Mais si la période qu'il passa au service d'Antoine
Vérard ne fut pas pour le maître la plus favorable sous le rapport
des qualités d'art, elle fut du moins une des plus fécondes. A elle
seule, la collection des *vélins* de la Bibliothèque nationale nous
a donné plus de quatorze cent cinquante images peintes en

1. *Catalogue de l'œuvre*, n° XXXVII, XLI, LX.
2. *Ibid.*, n° XXXIX, XLII, XLIV, LIX, LXII, LXIV.
3. *Ibid.*, n° XXXVI, LIII, LIV, LV.
4. *Ibid.*, n° XL.

quelques années par l'ancien bâtonnier dans des impressions de Vérard. Et ce nombre s'augmenterait encore probablement, si l'on pouvait étendre l'étude à d'autres volumes de même nature qui ont été signalés comme existant ailleurs qu'à Paris et spécialement en Angleterre [1].

Vérard, le premier, donnait à ses collaborateurs l'exemple de cette activité. D'importantes commandes lui arrivaient pour lesquelles il n'épargnait ni son temps ni ses peines. C'était entre autres le roi d'Angleterre, Henri VII, qui lui demandait pour sa bibliothèque des livres dignes de rivaliser avec ceux du roi de France. C'était, en France même, sans parler des amateurs d'un rang moins élevé, un prince du sang, le comte Charles d'Angoulême, père du futur roi François Ier, auquel il devait aller apporter en personne, jusqu'à Cognac, un lot de superbes volumes.

Le comte d'Angoulême fut certainement un des meilleurs clients de Vérard ; et par contre-coup il se trouve être un de ceux pour qui Jacques de Besançon a le plus travaillé. Plusieurs des livres illustrés à son intention sont conservés à la Bibliothèque nationale [2], où pour certaines impressions de Vérard on a la bonne fortune de pouvoir étudier côte à côte l'exemplaire de Charles VIII et celui du père de François Ier [3]. Les livres de cette dernière provenance sont assez beaux pour soutenir sans désavantage la comparaison avec ceux qui ont été offerts au roi. En outre, il s'y attache un intérêt tout particulier. Il se trouve que, par une circonstance malheureusement trop rare, nous possédons pour quelques-uns d'entre eux ce que l'on appellerait aujourd'hui la facture d'Antoine Vérard, le compte détaillé du prix réclamé pour leur confection. Nous sommes donc en mesure, grâce à ce texte précieux, de suivre le sort de ces volumes depuis le moment où on travaillait à les imprimer, à les enluminer et à les relier dans la boutique du grand libraire de Paris.

Dans son compte, Vérard établit le montant des sommes qui lui sont dues : pour le corps même des ouvrages fournis, d'après la quantité de feuilles de parchemin tirées ; et en ce qui concerne la décoration, suivant le nombre des divers éléments qui y con-

---

1. Voir l'indication de ces volumes dans Van Praët, *Catalogue des livres imprimés sur vélin de la Bibliothèque du roi ;* théologie, n° 43 ; belles-lettres, n°s 237, 238, 380, 382, 384, 394, 453 ; histoire, n°s 108, 190.

2. *Catalogue de l'œuvre,* n°s XLI, XLVII, L, LII, LXII.

3. *Ibid.,* n°s XLVI et XLVII ; LI et LII.

courent, les miniatures, grandes ou petites, étant comptées à la pièce, et les autres ornements, tels que les lettres peintes ou les tirets, soit à la douzaine, soit à la centaine. Le tarif fixé pour les miniatures est de trente-cinq sous les grandes, dix sous les moyennes et cinq sous les petites.

M. Auguste Bernard, qui a commenté le compte de Vérard[1], a essayé d'établir à quelle valeur actuelle peuvent correspondre ces prix. Il arrive à trouver que les trente-cinq sous des grandes miniatures équivaudraient aujourd'hui à trente-cinq francs, et par conséquent les cinq sous des petites à cinq francs. On a remarqué avec raison combien de pareils chiffres étaient bas. Encore faut-il observer que ce sont là des prix payés, non pas directement aux artistes, mais à Vérard, et qu'il est possible que le libraire en retînt une partie en rémunérant à son tour les enlumineurs employés par lui. Même en forçant les proportions adoptées dans le calcul de M. Auguste Bernard, en allant si l'on veut jusqu'à les doubler, on n'obtient jamais qu'un salaire très modique. Avec un pareil avilissement du taux de rémunération, le métier de miniaturiste ne devait plus être brillant! Nous touchons là du doigt sans doute, hélas! la raison des embarras financiers du pauvre Jacques de Besançon au déclin de sa carrière.

Jacques de Besançon était encore au service d'Antoine Vérard dans les premiers mois de 1498[2]. A partir de cette époque, nous perdons sa trace. Rien ne nous autorise à croire que son existence de travailleur se soit prolongée au delà de la fin du xve siècle.

Dans tous les cas, dès cette époque, et quelle qu'ait été plus tard la date exacte de sa mort, le vieux maître pouvait jeter derrière lui, sur l'ensemble de son existence, un regard satisfait, en dépit des difficultés pécuniaires qui en avaient troublé la dernière

---

1. Auguste Bernard, *Antoine Vérard et ses livres à miniatures au XVe siècle*, dans le *Bulletin du bibliophile*, année 1860, p. 1859. Le texte du compte de Vérard avait été publié antérieurement par M. Sénemaud, dans les *Archives du bibliophile*, année 1859, p. 171, et, en partie, par le comte de Laborde, *la Renaissance des arts à la cour de France*, I, 275.

Les livres mentionnés dans le compte de Vérard comme remis au comte d'Angoulême sont : Tristan (*Catalogue de l'œuvre*, n° LXII), Boèce (*Catalogue de l'œuvre*, n° L), l'Ordinaire des crestiens (*Catalogue de l'œuvre*, n° LII), l'Orloge de dévocion et un livre d'Heures.

2. En effet, on trouve des enluminures de sa main dans un exemplaire de la Nef des Folz du monde, livre imprimé au commencement de 1498 (n. s.). — *Catalogue de l'œuvre*, n° LVII.

période. Pendant plus d'un tiers de siècle, il avait été vaillamment sur la brèche, occupant à la tête des enlumineurs parisiens un rang que nul ne lui disputait. Ses nombreux travaux se trouvaient dans les plus nobles mains, chez les plus grands amateurs. Ses confrères eux-mêmes lui avaient donné des marques particulières d'estime. Autre témoignage plus sensible peut-être aux yeux d'un artiste, il avait fait école; plusieurs enlumineurs de la jeune génération étaient devenus ses élèves, ou du moins s'inspiraient de ses créations et cherchaient à leur tour le succès dans l'imitation de sa manière[1]. En un mot, tout se réunissait pour attester à l'ancien miniaturiste du duc de Nemours et de Comines qu'il avait été véritablement, durant de longues années, aux yeux de ses compatriotes, suivant l'expression du poète qui s'applique ici à merveille :

> .... L'onor di quell' arte
> · Che alluminare e chiamata in Parisi.

Il convient, il est vrai, de reconnaître que les circonstances l'avaient favorisé. Jacques de Besançon avait eu cette heureuse chance qu'à l'époque où il florissait Paris manquait totalement d'autres hommes de talent à lui opposer dans la même branche d'art. Sa grande supériorité relative résultait en partie de la faiblesse de ses rivaux. Les choses auraient probablement été très différentes s'il était né plus tôt et s'était trouvé en présence des maîtres de la belle époque, tels que les peintres du *Bréviaire de Salisbury*, ou si les chefs de l'école de Tours, au temps où il vivait, les Foucquet et les Bourdichon, étaient venus à Paris lui faire concurrence.

Cependant, il ne faudrait pas non plus tomber dans un excès

---

1. Il existe, en effet, un certain nombre de manuscrits de la fin du xve siècle, notamment de livres d'Heures à l'usage de Paris, dont les miniatures trahissent chez leurs auteurs une tendance très visible à chercher à se rapprocher des œuvres de Jacques de Besançon. Parmi ces manuscrits, le plus digne d'être noté est celui des *Vigiles de la mort de Charles VII*, par Martial d'Auvergne, exécuté pour Charles VIII (Bibl. nat., ms. fr. 5054). Plusieurs des images de ce volume ont été gravées, entre autres publications, dans l'édition illustrée de *Jeanne d'Arc*, de M. Wallon (Paris, 1876), et dans les tomes III et IV des *Chroniqueurs de l'histoire de France*, de Mme de Witt (Paris, 1885 et 1886). On peut constater même dans ces reproductions, sans avoir besoin de recourir à l'original, combien l'influence de Jacques de Besançon y est sensible. Mais l'imitation est restée bien au-dessous du modèle.

contraire et trop rabaisser le mérite du bâtonnier de la confrérie
de Saint-Jean-l'Évangéliste. Assurément ce serait de l'exagération
que de vouloir faire de lui un grand artiste. Peut-être même
doit-on lui refuser la qualification de peintre au sens complet
du mot. Il semble bien, en effet, qu'il n'ait jamais su dépasser
l'échelle de proportions très réduites que comporte le genre de la
miniature et qu'il soit resté incapable d'aborder avec succès des
figures de plus fortes dimensions comme en eussent exigé de
véritables tableaux. Nous ne devons voir en lui que ce qu'il fut
en réalité, un enlumineur, un simple illustrateur de livres. Mais
dans cette sphère restreinte, il est incontestable qu'il a déployé
des qualités réellement supérieures.

La postérité, en somme, a ratifié, en ce qui le concerne, le jugement de ses contemporains, dont témoigne le goût manifesté pour
ses œuvres par les plus fins amateurs de son temps. Le nom de
Jacques de Besançon a pu tomber dans un oubli absolu, mais les
volumes qu'il avait ornés d'images n'ont rien perdu, après quatre
siècles écoulés, du prix qu'on y attachait à l'origine. Nous avons
constaté au début de cette étude que partout encore, à l'heure
actuelle, ils continuent à être admirés comme des spécimens
remarquables entre tous de la plus belle librairie française à la fin
du xvᵉ siècle.

La série de ces œuvres de Jacques de Besançon nous a permis
de suivre leur auteur à travers les principales phases de sa vie de
labeur. Leur examen peut aussi conduire à des remarques de
nature différente.

En parcourant ces longues suites d'images, on constate, par de
nombreux exemples, que le maître sait traiter le nu et ne cherche
pas à l'éviter quand le sujet le comporte. Il n'hésite pas au besoin
à peindre Vénus dans le costume le plus mythologique. Mais en
même temps il reste toujours absolument chaste. Jamais, chez
lui, aucune recherche de sensualisme ou rien qui puisse blesser
la décence. Jamais non plus, au milieu des motifs de son ornementation, malgré une extrême fantaisie, de ces figures plus qu'osées,
rappelant trop les licences des fabliaux, que le moyen âge laissait
introduire avec une indulgence singulière jusque sur les marges
des missels, comme dans les sculptures des porches d'églises.

Dans le même ordre d'idées, il résiste à la tendance, qui commence à devenir très commune chez les miniaturistes de la fin du
xvᵉ siècle, de remplacer dans les livres d'Heures, à la tête des

psaumes, la représentation traditionnelle du roi David en prières, par l'épisode scabreux de Bethsabée au bain. Cette scène peu édifiante, et plus déplacée encore dans un recueil d'oraisons, est totalement bannie de tous les livres d'Heures décorés par lui. Il y a plus, cette abstention est également pratiquée comme un mot d'ordre par les enlumineurs qui ont subi son influence et que l'on peut considérer comme ses élèves. On ne saurait méconnaître, dans cet ensemble de faits, un trait particulier qui doit être noté. D'autre part, la rédaction touchante de la note finale de l'office de saint Jean montre la sincérité des sentiments de piété chez le maître. Enfin, la haute situation qui lui fut décernée dans une des grandes confréries de Paris prouve la parfaite honorabilité de sa vie. Ne sont-ce pas là les éléments d'un portrait moral? Et ne sommes-nous pas fondés, en les groupant, à nous représenter Jacques de Besançon comme un homme tout attaché à l'exercice de son métier, laborieux, réservé sans pruderie exagérée, pieux, honnête, puisqu'il resta pauvre après tant de grands travaux; en un mot, méritant autant l'estime par la dignité de son caractère, que la vogue par la fécondité et la souplesse de son talent?

Il me reste une dernière observation à faire encore avant de quitter le brave bâtonnier de Saint-Jean-l'Évangéliste. J'ai cité, comme une de ses œuvres le plus finement traitées, la série des images contenues dans le manuscrit des *Gages de bataille*. Ces miniatures ont plusieurs fois été signalées avant nous, mais elles ont donné lieu à des appréciations singulières, dont j'ai déjà dit un mot; Waagen y reconnaît « le plus pur style des Van Eyck [1]. » Labarte va plus loin; c'est à Jean Van Eyck en personne qu'il veut les attribuer [2].

Ainsi, voilà une œuvre absolument parisienne que des critiques réputés s'accordent à déclarer d'origine flamande! Et le fait est loin d'être unique. Un des plus beaux, sinon même le plus beau peut-être des manuscrits faits à Paris, le *Bréviaire de Salisbury*, a été, lui aussi, donné aux Van Eyck. Je sais bien que l'opinion personnelle de Waagen n'a plus qu'une autorité très minime, mais il n'en reste pas moins que nous vivons en majeure partie, pour le classement des œuvres d'art du xve siècle, sur des jugements du même genre. Tout ce qui n'est pas, en pein-

---

1. *Manuel de l'histoire de la peinture*, I, p. 168.
2. *Histoire des arts industriels*, III, p. 182.

ture, italien ou allemand a été catalogué flamand. Des exemples comme ceux que nous relevons donnent singulièrement à réfléchir. Si par un coup de baguette magique nous pouvions tout à coup voir apparaître sous chaque tableau et sous chaque miniature le nom du véritable auteur, qui sait quelles surprises nous seraient réservées ! Déjà l'œuvre de revision est commencée, et l'on est à même d'apprécier, par les découvertes faites récemment dans les archives, ce que l'on peut en attendre.

Les restitutions successives de la paternité du Buisson ardent, d'Aix, à Nicolas Froment, et du tableau de l'hospice de Villeneuve-lès-Avignon, à Enguerrand Charonton, sont de premières étapes dans la voie d'une rectification des vieilles attributions données à la légère. Notre travail concourra au même but. Désormais, sur la liste encore si courte, hélas ! des artistes français du moyen âge remis enfin en possession de leurs droits, il conviendra d'inscrire le nom de Jacques de Besançon. Le fécond enlumineur, trop longtemps méconnu de ses compatriotes, mérite une place, au rang qui lui convient, dans la galerie des gens de talent qui ont honoré Paris. J'ose espérer que cette place ne lui sera plus discutée à l'avenir.

ADDITION.

Le présent travail était déjà imprimé en partie quand une très haute bienveillance, dont j'ai été honoré, m'a mis à même d'étendre mes recherches à la bibliothèque du château de Chantilly. Dans la merveilleuse collection que la générosité de monseigneur le duc d'Aumale assure à la France, j'ai retrouvé trois nouveaux manuscrits, dont un en trois volumes, renfermant des miniatures de Jacques de Besançon. Cette découverte ne modifie en rien, dans ses lignes générales, le rapide tableau que j'ai cherché à esquisser de l'existence de l'enlumineur parisien. Mais elle apporte un enrichissement notable à notre catalogue de l'œuvre.

Le plus précieux de ces manuscrits de Chantilly[1] n'est autre que le tome III et dernier du magnifique *Miroir historial* du duc de Nemours, dont j'ai mentionné les deux premiers volumes comme existant à la Bibliothèque nationale[2]. L'exemplaire se

---

1. *Catalogue de l'œuvre,* n° XXVI *bis.*
2. Voir p. 19.

trouve ainsi au complet. Les images peintes par Jacques de Besançon dans le tome III sont au nombre de cent dix. Le total des miniatures du maître, dans l'ensemble des trois volumes, se trouve par suite porté à plus de cinq cents. Toutes ces peintures sont de la même période de la vie de l'artiste, et méritent, à égal degré, d'être rangées dans la meilleure catégorie de ses œuvres. L'exécution matérielle, au point de vue du livre lui-même, est, dans chaque volume, poussée à un aussi haut point de perfection. Mais le tome III de Chantilly a, sur les deux autres, cette supériorité d'être arrivé jusqu'à nous dans toute la pureté de son état originaire, ayant conservé intacte sa première couverture, spécimen de toute beauté et d'une insigne rareté de ces reliures princières en « veloux cramoisi » garnies d'ornements faisant saillie, ou « boullons, » en métal doré, qui ne nous sont plus guère connues aujourd'hui que par les descriptions des vieux inventaires.

Le volume de Chantilly offre encore cet intérêt de donner le nom du calligraphe émérite auquel on doit la transcription de l'exemplaire, Gilles Gracien. Une note mise par celui-ci à la fin du livre nous apprend qu'il avait commencé sa copie en 1459 et qu'il l'a terminée en 1463. Ces dates ne s'appliquent qu'au travail de transcription. Il est évident qu'un intervalle de quelques années a dû s'écouler avant que les miniatures aient été ajoutées par Jacques de Besançon. Ces miniatures, en effet, appartiennent à la meilleure époque du maître et nous montrent son talent arrivé à son entier développement. On n'y rencontre plus aucune des marques d'inexpérience que trahissaient ses œuvres de jeunesse, et que l'on trouve notamment dans le *Traité de la vanité des choses mondaines* de l'Arsenal, daté de 1466 [1].

Nous savons d'ailleurs, d'une façon certaine, que le duc de Nemours plaçait assez souvent dans sa bibliothèque des livres qui n'étaient achevés que sous le rapport du texte, se réservant d'en faire peindre ultérieurement les images par des artistes choisis à son gré [2].

---

1. Voir p. 16.

2. Le duc de Nemours avait l'habitude, pour tous les livres entrés dans sa bibliothèque, de faire inscrire à la fin une note qu'il prenait soin de signer de sa propre main, où l'on mentionnait, entre autres choses, le nombre des miniatures ou « histoires. » M. Delisle a très justement remarqué (*le Cabinet des manuscrits*, I, p. 87) que, sur ce point, on indiquait pour chaque manuscrit les miniatures qui l'ornaient, « *ou qui devaient*

Ce qui est certain, en tout cas, pour revenir à ce qui nous intéresse, c'est que tout le travail d'enluminure dû à Jacques de Besançon dans ces trois splendides volumes a été exécuté, dans son entier, spécialement en vue du duc de Nemours, et par conséquent sur sa commande, car les devises du prince, et surtout ses armoiries, avec leurs supports de sirènes et d'hommes sauvages, y sont partout liées d'une manière intime à l'ensemble de la décoration.

Nous nous trouvons, au contraire, en présence d'un fait différent avec un second manuscrit de Chantilly, qui provient également du duc de Nemours : la traduction française du livre de Boccace, *des Cas des nobles hommes et femmes*[1]. Le texte de ce volume, achevé de copier le 5 février 1466 (n. st.), a été écrit par Jacob Ten Eyken, calligraphe d'origine flamande, comme son nom l'indique, mais travaillant à Paris[2]. Il est orné de dix grandes miniatures de Jacques de Besançon. Celles-ci appartiennent encore à la période des débuts du maître. Leur facture est semblable à celle des images du manuscrit de l'Arsenal, qui porte également la date de 1466. Elles ont donc dû être peintes à une époque très rapprochée du moment où Jacob Ten Eyken a terminé sa copie. Il n'en est plus de même d'un grand écusson de Jacques d'Armagnac, soutenu par des sirènes et des hommes sauvages, qui est placé, comme une sorte d'ex-libris, au bas de la miniature du livre Ier de l'ouvrage. Cet écusson avec ses supports est aussi de la main de Jacques de Besançon ; mais son exécution, bien plus habile, dénote une période postérieure dans la vie du maître, et tout à fait contemporaine de l'illustration du *Miroir historial*[3].

---

l'orner. » En un mot, la note pouvait être inscrite à l'avance, avant que les illustrations ne fussent peintes. Elle correspondait, non pas à ce qui existait réellement, mais à ce que le duc de Nemours avait l'intention de faire faire. Ce qui le démontre, c'est qu'il est arrivé à plusieurs reprises que les « histoires, » ainsi annoncées dans la note signée du prince, n'ont en réalité jamais été exécutées. On peut vérifier le fait sur les manuscrits français 71, 72, 207, 600, 996, 1137 et 16962 de la Bibliothèque nationale.

1. *Catalogue de l'œuvre*, n° XXIXᴀ.

2. Voir la souscription du *Valère Maxime* (mss. fr. 283, 284 et 285 de la Bibl. nat.), datée de *Paris* le 30 janvier 1470 (n. s.) et signée de J. Ten Eyken.

3. La page du *Boccace* de Chantilly qui porte cet écusson (fol. 7 du ms.) permet de constater d'une façon frappante toute l'étendue des progrès faits si rapidement par Jacques de Besançon après ses premiers débuts. L'Ève,

Il en résulte que le corps du manuscrit, avec sa série d'images, devait être entièrement achevé depuis un certain temps déjà lorsque le duc de Nemours en est devenu propriétaire, ou du moins lorsqu'il y a fait peindre les emblèmes constatant sa possession.

Enfin c'est également à la jeunesse de Jacques de Besançon que remontent trente miniatures, dont trois grandes, ornant le dernier des manuscrits de Chantilly, un exemplaire de la traduction française de *Tite-Live*, par Pierre Bersuire[1]. Ce manuscrit est en trois volumes. Les chiffres et les armoiries peints sur les marges des frontispices nous apprennent qu'il a appartenu à Antoine de Chourses et à Catherine de Coetivy, c'est-à-dire aux personnages pour lesquels Jacques de Besançon a enluminé plus tard la *Légende dorée*[2], qui constitue le chef-d'œuvre de sa dernière manière.

D'autre part, un complément de huit additions à notre catalogue nous a été aussi fourni : pour trois manuscrits, par de nouvelles observations faites à Paris, dans des collections publiques ou privées; et pour cinq autres, par une récente visite à quelques-unes des principales bibliothèques d'Allemagne et d'Autriche.

Le plus ancien, comme date, des manuscrits en question est très vraisemblablement un *Livre de la destruction de Troie*[3], appartenant à la Bibliothèque nationale. Ce volume contient 106 miniatures, mais il n'y a que les 40 ou 45 premières qui soient de la main de notre enlumineur. A la fin du manuscrit, se trouve la souscription du copiste, Richart Legrant, qui déclare avoir terminé son travail le 31 juillet 1467. « Legrant était un fort bon scribe, dit M. Paulin Paris, et, si la première partie des ornements du manuscrit était de lui, on devrait le compter au nombre des meilleurs enlumineurs du xve siècle[4]. » Cet éloge

---

qui figure dans la miniature principale, représentant le Péché originel, et les Sirènes, qui soutiennent l'écusson rajouté après coup, présentent identiquement le même type de femme. C'est la même construction anatomique du corps, les mêmes détails rendus de la même manière. Mais quelle différence dans la sûreté du dessin, la science du modelé et la vivacité de l'expression !

1. *Catalogue de l'œuvre*, n° XXII[A].
2. Voir p. 33.
3. Bibl. nat., ms. français 254. — *Catalogue de l'œuvre*, n° XXIII[A].
4. *Les manuscrits françois de la Bibliothèque du roi*, II, p. 276.

revient de droit à Jacques de Besançon, car cette « première partie des ornements » est précisément celle dont il est l'auteur.

Le *Livre de la destruction de Troie* paraît avoir été fait pour Louis Malet de Graville, dont il porte les armoiries. Plus tard, il a passé par héritage à sa fille, Anne de Graville. Nous avons déjà mentionné ces personnages comme ayant possédé des œuvres importantes de Jacques de Besançon, *la Cité de Dieu*, venant de Gaucourt, et *l'Histoire du Petit Jehan de Saintré*, du Musée Britannique.

Viennent ensuite trois volumes qui, comme deux des manuscrits de Chantilly, ont fait partie de la splendide collection formée par le duc de Nemours. Ce sont : à la Bibliothèque nationale, le traité du *Régime des Princes*, par Gilles de Rome[1], dans lequel Jacques de Besançon, sur la commande du duc, a terminé, par l'adjonction de trois peintures, une illustration commencée par un enlumineur plus ancien ; — à la Bibliothèque royale de Dresde, une traduction de Pétrarque, *Des remèdes de l'une et l'autre fortune*[2], ornée de deux grandes miniatures du maître ; — et à la Bibliothèque impériale de Vienne, un *Valère Maxime*[3], traduit en français, renfermant quatorze images de sa main.

Les illustrations des quatre manuscrits qui viennent d'être cités appartiennent à la jeunesse, ou du moins à une période peu avancée de la vie de notre miniaturiste.

Une traduction française des *Triomphes* de Pétrarque, qui se trouve à la Bibliothèque royale de Munich[4], nous reporte, au contraire, à la fin de sa carrière. Ce manuscrit était préparé pour recevoir plusieurs grandes peintures à pleine page. Mais il n'y a que la première qui ait été exécutée ; elle rappelle tout à fait les illustrations ajoutées par le maître dans les impressions de Vérard.

Bien plus important à tous égards dans l'ensemble de l'œuvre de Jacques de Besançon est un *livre d'Heures* à l'usage de Paris, de la Bibliothèque impériale de Vienne[5]. Ce livre d'Heures rentre dans la catégorie des manuscrits restés d'abord inachevés, puis complétés après un intervalle plus ou moins long. Le texte en

---

1. Bibl. nat., ms. français 579. — *Catalogue de l'œuvre*, n° XXVᴀ.
2. Bibl. royale de Dresde, O. 54. — *Catalogue de l'œuvre*, n° XXIXᴮ.
3. Bibl. impériale de Vienne, n° 2544. — *Catalogue de l'œuvre*, n° XXVIIᴀ.
4. Bibl. royale de Munich, cod. gall. 14. — *Catalogue de l'œuvre*, n° XXIXᴄ.
5. Bibl. impériale de Vienne, n° 1840. — *Catalogue de l'œuvre*, n° XVᴀ.

était écrit depuis plus de cinquante ans peut-être, mais n'était encore orné que d'une unique miniature, lorsque Jacques de Besançon, au moment où son talent était dans toute sa plénitude, a été chargé d'en compléter l'illustration. A la seule image existant alors dans le volume, il en a ajouté 123, dont 24 grandes. Suivant une très ancienne tradition, le livre d'Heures de Vienne, avant de devenir la propriété de la maison impériale d'Autriche, aurait appartenu originairement au roi d'Angleterre Henri VII. Le luxe de la décoration s'accorderait avec une aussi illustre provenance, que semble confirmer l'inscription de plusieurs fêtes de saints anglais dans un calendrier ajouté. On peut remarquer, en outre, que ce fait d'une commande ou d'une acquisition faite à Paris par Henri VII ne serait pas un exemple isolé, puisque Antoine Vérard a fourni des livres à ce même monarque précisément au temps où travaillait Jacques de Besançon.

Un dernier manuscrit de la Bibliothèque impériale de Vienne offre au premier examen une apparence plus modeste. Il consiste en un mince livret de format in-4°, renfermant le texte des *Statuts de l'ordre de Saint-Michel*[1], orné seulement d'une grande miniature et de cinq plus petites, dont quatre sous forme de lettres historiées. Mais ce volume est d'un intérêt égal au précédent. Il nous apporte une nouvelle preuve très remarquable de la réputation dont notre enlumineur a dû jouir jusqu'à une époque avancée de son existence.

En effet, cet exemplaire des statuts de l'ordre n'est autre que celui du roi Louis XII, ayant appartenu aussi à un duc de Bourbon. Or, il est certain que, dans les premiers temps qui ont suivi l'institution de l'ordre de Saint-Michel, le soin d'enluminer les exemplaires des statuts destinés personnellement aux rois de France, grands maîtres de l'ordre, a été réservé aux artistes les plus en vue. C'est Jean Foucquet qui a peint l'exemplaire de Louis XI. Celui de Charles VII a été également illustré par un maître éminent, qui doit être probablement Jean Perréal. L'honneur d'avoir été appelé à recueillir une pareille succession est donc grand pour Jacques de Besançon. Assurément, il n'a pas su égaler ses devanciers, et surtout Foucquet, mais on sent qu'il s'est efforcé de ne pas rester trop au-dessous d'eux. Non seulement les images des *Statuts* de Vienne ont été traitées avec toute la finesse et tout

---

1. Bibl. impériale de Vienne, n° 2637. — *Catalogue de l'œuvre*, n° XXXV^A.

l'éclat dont il était capable; non seulement on y retrouve, surtout dans la grande miniature, son habileté à varier le thème des
compositions; mais encore, circonstance très rare, et qui con-
traste avec les habitudes ordinaires de l'artiste, on y constate une
recherche évidente de l'individualité des types et de la ressemblance des portraits.

Cet exemplaire des *Statuts* n'est pas unique dans l'œuvre du
maître. Le manuscrit de Vienne a en quelque sorte son pendant
à Paris même, dans la si précieuse bibliothèque de M. de Villeneuve[1]. Ce second exemplaire est un peu moins orné que le premier, et ne renferme pas de peinture à pleine page, mais il a été
exécuté avec autant de soin. Le manuscrit de M. de Villeneuve
a été, comme celui de Vienne, entre les mains d'un prince de la
Maison de Bourbon. La décoration, en effet, en a été spécialement peinte, par Jacques de Besançon, pour le duc Jean II de
Bourbon, mort en 1488, que l'artiste a représenté en personne
dans un des encadrements du volume, revêtu de son costume de
guerre.

On voit que, grâce à ces deux exemplaires des *Statuts de l'ordre*
et au *Livre d'Heures* de Vienne, nous avons encore, en terminant,
à ajouter de bien grands noms à la liste des personnages illustres
du xve siècle qui ont mis à contribution le talent de Jacques de
Besançon.

---

1. *Catalogue de l'œuvre*, n° XXXV[B].

CATALOGUE RAISONNÉ

DE L'ŒUVRE

DE JACQUES DE BESANÇON.

Miniatures peintes dans des manuscrits[1].

I.

Missel à l'usage de l'église de Paris. — (Bibliothèque nationale, ms. latin 14282.) — In-fol., deux colonnes.

Une petite miniature dans une colonne en tête du texte, fol. 1, représentant un prêtre à l'autel, et quatorze initiales historiées renfermant autant de petites peintures aux feuillets 11 b, 14, 69 b, 110, 124 b, 129 b, 135 b, 177, 187, 197 b, 199 b, 209, 227 b. Toutes ces images sont de Jacques de Besançon, mais par leurs dimensions exiguës n'occupent qu'un rang très secondaire dans son œuvre. Cependant il faut noter, à cause de sa finesse, celle du feuillet 110, représentant la Résurrection.

Il y a de plus à la fin du volume, feuillet 296, une fort vilaine miniature ajoutée après coup par une autre main.

Ornementation d'ancien style.

II.

Missel à l'usage de l'église de Paris. — (Bibliothèque Mazarine, n° 410, ancien 231.) — In-fol., deux colonnes.

Ce manuscrit a été exécuté pour un chanoine de Paris, que Jacques de Besançon a représenté dans une miniature au feuillet 305 b du volume, à genoux, en prière devant saint Germain d'Auxerre. Der-

---

1. Ces manuscrits sont rangés ici dans l'ordre suivant : Missels et offices liturgiques. — Livre d'heures. — Ouvrages en latin. — Ouvrages en français.

rière le chanoine est un écusson : d'azur, à un chevron d'argent, accompagné de trois croissants d'or. Ces armes ont été portées par la famille du Puy de Rousson, originaire d'Auvergne, à laquelle appartenait probablement le chanoine en question.

Le premier feuillet, qui était sans doute décoré d'une grande miniature, a été coupé anciennement. Il reste actuellement vingt miniatures dans les colonnes, aux feuillets 17, 22, feuillet intercalaire marqué 1 après le feuillet 152, 153, 177, 185, 195, 196, 255, 268, 273 b, 278, 291 b, 305 b, 314, 324 b, 348 b, 356 b, 364 et 368 b.

Ornementation d'ancien style.

III.

Missel à l'usage de l'église de Paris. — (Bibliothèque nationale, mss. latins 880 et 880, 2.) — Deux tomes qui ne formaient primitivement qu'un volume. In-fol., deux colonnes.

· Exécuté, suivant l'inscription dont nous avons donné la teneur, en 1489, pour Pierre Malhostè, bourgeois et marchand de Melun. Le texte du Missel a été écrit par frère Jean Rigot.

Tome I, une grande miniature à mi-page au feuillet 29 b, représentant en assez fortes proportions saint Aspais entre deux saints diacres martyrs, et treize lettres historiées renfermant des sujets pieux aux feuillets 7, 22, 23 b, 31 b, 149, 157, 177 b, 184, 193 b, 197, 234 b, 238 b, 244 b. — Tome II. Neuf lettres historiées du même genre, aux feuillets 1, 14 b, 34, 51, 73, 78, 79, 93 et 135, plus à la fin du volume, feuillet 144, une peinture à mi-page, montrant le Christ en croix entre la Vierge et saint Jean, et à genoux en prière au pied du Calvaire, d'un côté (à dextre) Pierre Malhoste suivi de ses trois fils, et de l'autre (à senestre) sa femme accompagnée de leurs cinq filles. Au-dessous de cette peinture se lit l'inscription métrique donnant la date et l'origine du missel, écrite en grosses lettres, rouges pour le premier vers, bleues pour le second, et ainsi de suite. Toutes ces miniatures sont des œuvres certaines, mais assez médiocres, de Jacques de Besançon. Il y a en outre dans le manuscrit deux grandes peintures pour le canon, aux feuillets 147 b et 148 du tome I, qui ont été exécutées par un enlumineur différent.

Bordures à compartiments.

IV.

Missel à l'usage de l'église de Paris. — (Bibliothèque Mazarine, n° 412, ancien 217.) — Très grand in-fol., deux colonnes.

Superbe manuscrit, d'une exécution très luxueuse. Il provient de la

Sainte-Chapelle de Paris. On y relève dans la miniature représentant la Nativité de la Vierge (feuillet 333 b) une allusion évidente au mariage d'Anne de Bretagne avec Charles VIII.

La lettre initiale du feuillet 1 renferme une petite figure de chanoine agenouillé; cette figure est probablement destinée à rappeler le souvenir d'un ecclésiastique qui aurait fait exécuter le volume.

En tête du texte, feuillet 1, est une grande peinture à mi-page représentant la sainte Trinité au haut des cieux, trois anges volant au-dessous d'elle, et sur terre quatre femmes debout personnifiant la Miséricorde, la Vérité, la Justice et la Paix. Cette peinture est accompagnée d'un large encadrement où sont insérés sur les côtés huit petits tableaux figurant des groupes de fidèles en prière, et dans le bas l'Annonciation [1]. Une autre peinture de dimension plus grande encore, couvrant une page entière, se trouve au canon, 7e feuillet après le feuillet 150. Elle a pour sujet Dieu le Père, accompagné des quatre Évangélistes, et est entourée d'un encadrement divisé lui-même en 18 petits tableaux figurant des scènes de l'Ancien Testament, modelés en camaïeu d'or, de manière à imiter des bas-reliefs de métal. Ces deux grandes peintures sont de Jacques de Besançon. Le maître a peint aussi 27 autres miniatures plus petites dans les colonnes, aux feuillets 14, 17, 22, 105 b, 4e feuillet après 150, 8e feuillet id., 151, 175, 183, 194 b, 195, 257, 277, 298, 300, 310, 315, 322, 333 b, 352, 357, 361, 364, 369, 378, 388 et 410. Deux de celles-ci, celles des feuillets 17 et 151, sont accompagnées chacune de 12 médaillons placés en bordure renfermant des figures allégoriques : Sibylles, Prophètes, Vertus, etc. Enfin ce beau manuscrit renferme encore, en dehors des 29 miniatures de Jacques de Besançon, deux excellentes images d'une main différente, placées à la fin du volume, aux feuillets 424 et 432 [2].

Riches bordures à compartiments.

V.

Missel dont nous ne connaissons que des fragments détachés. — (Musée de Cluny.) — Format très grand in-fol.

Le musée de Cluny possède depuis quelque temps deux miniatures isolées de Jacques de Besançon, qui ont été découpées d'un grand Missel [3]. Le Missel d'où elles proviennent devait être à peu près du

1. Cette composition présente une très grande analogie avec la partie supérieure de la miniature de l'Annonciation, dans la *Légende dorée* d'Antoine de Chourses, que nous reproduisons planche IV.

2. Voir, pour l'indication détaillée des sujets de toutes ces miniatures, le *Catalogue de la bibliothèque Mazarine*, de M. A. Molinier, I, p. 160.

3. Ces deux miniatures sont actuellement exposées sous verre, dans le

même temps et du même format que le Missel de la Sainte-Chapelle, catalogué sous le numéro précédent, et d'une décoration aussi riche, sinon plus luxueuse encore.

Une de ces deux miniatures, couvrant une page entière, de 390 sur 280 millimètres, est celle qui était placée dans le volume en tête du canon. Un tableau principal, représentant le Calvaire avec de nombreux personnages, en occupe le centre. Il est accompagné de huit compartiments secondaires placés en bordure dans un cadre d'architecture qui ont pour sujets d'autres scènes de la Passion : le Christ au jardin des Oliviers, le Baiser de Judas, le Christ devant Pilate, la Montée au Calvaire, la Descente de croix et la Mise au tombeau.

La seconde miniature consiste en une très grande lettre historiée à peu près carrée, de 180 sur 175 millimètres, qui ouvrait autrefois le texte de l'office de Pâques. Jacques de Besançon y a peint la Résurrection.

VI.

Office noté de saint Jean l'Évangéliste. — (Bibliothèque Mazarine, n° 461, ancien 242.) — In-fol. de 33 feuillets à longues lignes.

Une note inscrite à la fin du manuscrit, et dont nous avons reproduit la teneur, atteste que ce livret a été donné en 1485 par Jacques de Besançon lui-même à la confrérie de Saint-Jean l'Évangéliste, établie dans l'église Saint-André-des-Arts, dont il était alors bâtonnier.

Deux petites miniatures du maître, représentant toutes deux saint Jean, aux feuillets 9 et 15 b.

Encadrements à compartiments.

VII.

Livre d'Heures à l'usage de Paris. — (Bibliothèque de l'Arsenal, n° 646.) — In-4°.

L'illustration de ce volume, d'une décoration très riche, comprend 25 grandes miniatures et 47 petites, dont 24 au calendrier pour les occupations des mois et les signes du zodiaque, et 23 représentant des figures de saints insérées dans le texte, du feuillet 195 b au feuillet 208 b. Les grandes miniatures sont le plus souvent accompagnées

---

meuble à volets tournants, renfermant un certain nombre de feuillets détachés de manuscrits, qui est placé à une des extrémités de la grande salle des tapisseries de la Dame à la licorne.

de deux ou trois sujets accessoires placés en médaillons dans les bordures.

Ces images sont de différentes mains. Parmi les grandes miniatures, dix, aux feuillets 14, 16, 18, 20, 22, 30, 100, 122 b, 133 et 192, ont été peintes par des enlumineurs appartenant au groupe des artistes qui florissaient déjà avant le milieu du xv⁰ siècle ; les quinze autres, aux feuillets 41 b (2 médaillons en marge), 53 b (2 médaillons), 58 (2 médaillons), 63 (2 médaillons), 67 b (2 médaillons), 72 (2 médaillons), 80 (2 médaillons), 126 b, 128, 129 b, 131, 139 (4 médaillons), et 186, ainsi que toutes les petites sans exception, sont des œuvres de jeunesse de Jacques de Besançon.

Ornementation d'ancien style.

VIII.

Livre d'Heures à l'usage de Paris. — (Bibliothèque nationale, ms. latin 10545.) — Petit in-8°.

Dans la bordure du premier feuillet du calendrier sont peintes des initiales P. I. réunies par un lacs d'amour, qui se réfèrent évidemment au premier possesseur du manuscrit.

Neuf miniatures aux feuillets 14, 51, 64, 66, 80, 86, 92, 101 et 145. Celle du feuillet 66 (la Nativité) est incontestablement de Jacques de Besançon. Celles des feuillets 64 (la Pentecôte) et 80 (Adoration des mages) paraissent également être de sa main ; mais l'exécution en est très inférieure et dénote une œuvre de jeunesse. Les sept autres miniatures ont été peintes par un praticien appartenant à une génération plus ancienne.

Bordures d'ancien style, d'une exécution très fine.

IX.

Livre d'Heures. — (Bibliothèque nationale, ms. latin 1197.) — Petit in-8°.

Ce livre d'Heures devait être très probablement à l'usage de Paris ; mais le calendrier qui pourrait nous renseigner a été détaché du début du manuscrit et s'est perdu.

Onze miniatures aux feuillets 1, 14 b, 26 b, 28, 29 b, 37, 42, 46 b, 52, 80 et 102, d'une exécution encore relativement faible et grossière, et rappelant les peintures des feuillets 64 et 80 du manuscrit précédent. Œuvres de jeunesse de Jacques de Besançon.

Ornementation des bordures dans l'ancien style, traitée avec beaucoup de délicatesse et de fini.

X.

Livre d'Heures à l'usage de Paris. — (Collection Durrieu.) —
Petit format.

Le manuscrit est incomplet de quelques feuillets, dont deux au
calendrier. Dans son état actuel, son illustration comporte 20 petites
miniatures placées en marge au calendrier, et 8 miniatures frontispices dans le corps des Heures, occupant chacune deux tiers de page
environ. Elles ont pour sujet la Nativité (accompagnée de 4 petits
médaillons dans l'encadrement), la Circoncision, l'Adoration des
mages, le Christ devant Pilate, le Calvaire, la Descente de croix, la
Mise au tombeau et la Pentecôte. Toutes sont de Jacques de Besançon, encore dans sa période de jeunesse.

Bordures d'ancien style, avec des parties très délicates, tout à fait
analogues à celles des manuscrits catalogués sous les deux numéros
précédents.

XI.

Livre d'Heures à l'usage de Paris. — (Bibliothèque nationale,
ms. latin 1372.) — Petit in-8°.

13 miniatures aux feuillets 1, 12 b, 23 b, 34 b, 40 b, 45, 50, 53 b,
60 b, 66, 84 b, 88, 91 b. De ces 13 miniatures, la première seule est
traitée avec finesse; les autres sont beaucoup plus lâchées d'exécution et d'une valeur très inférieure; cependant celles-ci portent également à un tel degré la marque du style personnel de Jacques de
Besançon qu'il n'est guère possible de ne pas les lui attribuer comme
la première, tout en reconnaissant qu'elles sont presque indignes
de lui.

Ornementation d'ancien style [1].

---

1. En dehors des livres d'heures inscrits sous des numéros distincts au
présent *Catalogue raisonné*, il existe d'autres manuscrits de même nature,
qui sont à mentionner ici comme renfermant également des miniatures
présentant à un degré accentué le caractère des œuvres de jeunesse de
Jacques de Besançon. Tels sont : deux livres d'Heures de la collection
Lesoufaché, entrés récemment à la bibliothèque de l'École des beaux-arts
à Paris, n°ˢ 19412 de l'inventaire (11 miniatures) et 19413 (5 grandes miniatures et 10 petites, plus une image d'une main différente); un livre d'Heures,
aujourd'hui mutilé, n° 304 de la bibliothèque de Poitiers (il y reste cinq
petites lettres historiées); enfin, un livre d'Heures à l'usage de Paris, n° 129
de la bibliothèque de Toulouse (3 miniatures).
En dépit des présomptions que peut faire naître leur aspect, les minia-

XII.

Heures à l'usage de Paris, ayant appartenu à Pierre de Luxembourg, comte de Saint-Pol, mort en 1482, puis à Philippe de
   Clèves. — (British Museum, Egerton ms. 2045.) — Format
   extrêmement réduit.

Dans ce charmant volume, véritable bijou de bibliophile, dont les
pages n'ont que quelques centimètres de haut, Jacques de Besançon
a peint à l'origine 12 miniatures très fines et très jolies, de sa
meilleure époque, aux feuillets 25, 62 b, 82, 89, 95, 100 b, 106, 115 b,
138, 172 b, 178 b et 280.

Plus tard, l'ornementation du manuscrit a été complétée en Flandre
par l'adjonction de 6 autres miniatures, dans le style de l'école
ganto-brugeoise de l'extrême fin du xve siècle, occupant les versos
des feuillets 16, 185, 216, 233, 254 et 260.

XIII.

Livre d'Heures à l'usage de Paris. — (British Museum, Add.
   mss. 25695.) — In-8°.

24 petites miniatures au calendrier (occupations des mois et signes
du zodiaque), et quelques autres petites images dans le texte (les
quatre Évangélistes et la Vierge debout), au début du livre d'Heures,
puis 12 miniatures de plus grande dimension occupant environ les
trois quarts de la page aux feuillets 29, 62, 78, 87, 94, 106, 114, 121,
139, 147, 153, 165. Chef-d'œuvre de Jacques de Besançon dans toute
la plénitude de son talent.

Ornementation ravissante, du goût le plus exquis et d'une extrême
finesse, formée de rinceaux et d'enroulements tous exclusivement de
couleur violet-rose, avec rehauts de gouache et d'or appliqué au
pinceau.

XIV.

Heures de René II, duc de Lorraine, à l'usage d'Angers. —
   (Bibliothèque Firmin-Didot.) — In-8°.

Très beau manuscrit exécuté pour René II, duc de Lorraine, petit-

---

tures de ces manuscrits, en général assez mal conservées, sont cependant
si faibles qu'on doit hésiter à se prononcer d'une façon formelle sur leur
attribution. En tout cas, alors même qu'elles seraient réellement de la main
de Jacques de Besançon, elles n'occuperaient qu'une place tout à fait insi-
gnifiante dans l'ensemble de son œuvre.

fils du bon roi René. Ce prince est représenté dans la première grande miniature (fol. 10 du volume) armé de toutes pièces, et revêtu d'une cote blasonnée à ses armes passée sur sa cuirasse, à genoux, devant la Vierge à laquelle il adresse une prière [1].

Ce manuscrit contient 32 petites miniatures, dont 28 au calendrier et 4 au début du texte pour les figures des quatre évangélistes, et 13 grandes aux feuillets 10, 13, 22, 27 b, 30, 32 b, 34 b, 37, 41, 47, 56 et 58 [2]. La dernière d'entre elles, placée en tête de l'office des morts, représente une bataille.

Chef-d'œuvre de Jacques de Besançon à sa meilleure époque, trahissant l'influence des œuvres de Foucquet. La date de son exécution doit être peu postérieure à l'avènement de René II au duché de Lorraine, en 1473.

XV.

Livre d'Heures [à l'usage de Paris?]. — (Ancienne collection Hamilton, n° 79 de la vente faite à Londres en mai 1889.) — In-8°.

3 miniatures à pleine page, 16 autres miniatures et 24 petites images au calendrier. Les grandes miniatures, au moins, sont de Jacques de Besançon. Celle qui précède l'office des morts représente une bataille. Elle est reproduite dans le *Catalogue* [3] de la vente Hamilton, pl. VI.

XVᴬ.

Livre d'Heures avec calendrier (ajouté) à l'usage de Paris, mais où sont aussi inscrites en lettres d'or des fêtes de saints anglais. — (Bibliothèque impériale de Vienne, n° 1840.) — In-4° [4].

Le texte du corps de ce livre d'Heures a été écrit, et les bordures

---

1. Reproduite en photogravure dans le *Catalogue illustré des livres précieux de la bibliothèque de M. A. Firmin-Didot*, vente de mai 1879.

2. Les grandes miniatures sont décrites en détail dans le susdit Catalogue de la vente Didot, n° 21. Le manuscrit a figuré à l'Exposition universelle de 1889.

3. *Catalogue of ninety-one manuscripts on vellum... chiefly from the famous Hamilton collection and till lately in the possession of the royal museum of Berlin.* [Londres, 1889, in-8°, rédigé par les soins de M. K.-J. Trübner.] — Cf. un travail de M. W. von Seidlitz, dans le *Repertorium für Kunstwissenschaft*, VIII, p. 98.

4. Suivant une note qui se trouvait autrefois dans le volume et qui est citée par Denis (*Codices manuscripti bibliothecae palatinae Vindobonen-*

des marges ont été peintes au commencement du xvᵉ siècle. Mais, à cette époque, on n'a exécuté qu'une seule des miniatures qui devaient l'orner (fol. 27, l'Annonciation). Dans la suite, un calendrier a été ajouté en tête du volume, et l'illustration, à peine commencée, a été reprise, et cette fois entièrement achevée par Jacques de Besançon, dans la période du plein développement de son talent.

Le maître a peint dans ce livre d'Heures 24 grandes miniatures, généralement accompagnées chacune de 2 ou 3 médaillons à sujets, placés dans l'encadrement, aux fol. 13, 14 b, 16, 17 b, 26 b, 46 b, 56, 61, 65, 68 b, 72 b, 78 b, 84, 97, 103, 106, 110 b, 115, 121 b, 126, 131, 150, 155 et 196; et 99 petites, dont 48 au calendrier, fol. 1 à 12, et les autres aux fol. 18 b, 22, 208 et 214 b à 237 b.

XVI.

Livre d'Heures à l'usage de Paris. — (Bibliothèque nationale, ms. latin 1366.) — Petit in-8°.

8 petites miniatures dans le texte, aux feuillets 8, 9, 10 b, 11 b, 13, 14, 16 b et 19 b, représentant des figures de saints, et 12 autres à pleine page, entrecoupées seulement par un espace vide renfermant quelques lignes d'écriture, aux feuillets 32, 40, 48, 52, 55, 58, 61, 66, 70, 82, 85, et 87 b. Œuvre du maître à une époque avancée.

Bordures à compartiments.

XVII.

Livre d'Heures à l'usage de Paris. — (Bibliothèque nationale, ms. latin 1415.) — Petit in-8°.

Sur le dernier feuillet du volume, une place était réservée pour recevoir des armoiries, mais elle n'a pas été remplie.

19 miniatures frontispices aux feuillets 1, 2, 4 b, 6 b, 7, 11, 16, 35, 47, 52, 57, 62, 67, 75, 89, 109, 118, 125 et 186 b, et une petite miniature dans le texte, feuillet 123, peintes par le maître à une époque avancée.

---

sis, I, nᵒ DCCCLXXI; cf. nᵒ DCCCLXXXIX), ce manuscrit aurait appartenu à l'origine au roi Henri VII d'Angleterre. Il serait ensuite passé par héritage à la fille du roi, la princesse Marie, puis à sa petite-fille Éléonore de Cumberland, et à son arrière-petit-fils le comte Georges de Cumberland. Ce dernier, s'étant converti au protestantisme, l'aurait donné à son maître d'hôtel Étienne Taylor. A son tour, Étienne Taylor l'aurait transmis à son cousin François Taylor, et celui-ci l'aurait finalement offert à l'empereur [probablement Rodolphe II], dont il était devenu l'aumônier.

Cf. Waagen, *Die vornehmsten Kunstdenkmæler in Wien*, II, p. 75-78.

Il y a, en outre, 24 petites images au calendrier et 30 autres dans le texte (entre les feuillets 110 et 181) qui sont simplement de la main d'un élève.

A chaque page, riches bordures à compartiments.

XVIII.

Livre d'Heures à l'usage de Paris. — (Porté sous le n° 385 dans le catalogue mensuel des livres en vente à la librairie Auguste Fontaine, à Paris, de février 1891.) — In-8°.

15 grandes miniatures, du maître, à une époque avancée. Il y a en outre des petites miniatures de la main d'élèves, dont 24 pour le calendrier.

Bordures à compartiments.

XIX.

Heures de Le Jay, à l'usage de Paris. — (Collection Durrieu.) — Petit in-8°.

Sur le feuillet de garde, qui était collé sur le plat de l'ancienne reliure, est appliquée une étiquette portant cette note de la même main que le texte du manuscrit : « Les presentes Heures furent accomplies et achevées le xve jour du mois de decembre en l'an mil IIIIᶜ IIIIˣˣ et XII. »

Exécuté et spécialement décoré pour un membre de la riche famille Le Jay. Les armoiries parlantes des Le Jay, d'or à trois geais au naturel, au chef d'azur, sont peintes dans le bas de la bordure de quatre des grandes miniatures, les deux premières et les deux dernières. En outre, dans tous les encadrements, se trouve une banderole portant écrite la devise IELAI, anagramme du nom Le Jay. D'autre part, ce nom est aussi rappelé partout dans les mêmes encadrements au moyen d'un jeu de mots, par la présence maintes fois répétée de l'oiseau du blason « le geai, » souvent représenté tenant dans son bec l'extrémité de la banderole à devise.

8 grandes miniatures aux feuillets 21 (Arrestation du Christ), 37 (l'Annonciation), 45 (la Visitation), 53 (la Nativité), 61 (l'Adoration des mages), 64b (la Présentation)[1], 80 (Allégorie aux psaumes de David et à la mort), et 91 (Job et ses amis). 24 petites miniatures placées en marge au calendrier et 21 autres petites insérées dans le corps des Heures, représentant des figures de saints.

Chacune des miniatures du texte, aussi bien les petites que les

---

1. Nous reproduisons cette miniature, planche V.

grandes, est accompagnée d'un riche encadrement à compartiments entourant les quatre côtés de la page.

En entier de la main de Jacques de Besançon et peint par lui avec beaucoup de finesse et d'éclat.

XX.

Recueil contenant les règles de l'ordre des Trinitaires (ou des Mathurins) et différentes pièces relatives à cet ordre, notamment un privilège du pape Pie II, de 1458. — (Bibliothèque Mazarine, n° 1765, ancien 1210.) — In-8°, longues lignes.

En 1483, ce petit volume appartenait à Robert Gaguin, l'historien bien connu, qui était alors depuis plus de dix ans général des Mathurins [1]. Dans deux des miniatures, on voit, peintes sur les côtés d'une banquette formant prie-Dieu, des armoiries : d'azur à 4 étoiles de sinople, à une croix mi-partie d'azur et de gueules chargée de 5 étoiles d'or.

4 miniatures aux feuillets 1 (un maître de l'ordre en prière devant la sainte Trinité), 13 (saint Augustin expliquant sa règle à des Trinitaires), 23 (saint Jérôme et un Trinitaire à genoux), 124 (un chapitre général de l'ordre). Œuvre de Jacques de Besançon paraissant d'une époque encore assez voisine de ses débuts.

Ornementation d'ancien style.

XXI.

Appien, traduit en latin. — (Bibliothèque nationale, ms. latin 5785.) — In-4°, longues lignes.

Copie commencée par Robert du Val, bachelier en théologie, pour le cardinal Balue, puis confisquée par Louis XI, et achevée pour ce roi et enluminée sur son ordre, en 1470, par les soins de Pasquier Bonhomme.

Ce volume avait reçu une illustration consistant en une grande miniature et cinq autres petites. La grande miniature a disparu du volume avec le premier feuillet du texte, mais les cinq petites subsistent encore aux feuillets 38 b, 57 b, 74, 111 b et 144. Toutes cinq sont de la main de Jacques de Besançon.

---

1. A la fin du volume est cette note autographe : « Robertus Gaguinus, major minister, 1483°, mensis aprilis die decima quinta, hoc scripsit, anno undecimo sue majoritatis. Spes mea Deus. »

XXII.

Tite-Live, texte latin. — (Bibliothèque de Tours, n° 984.)
— In-folio.

Copié, comme le précédent manuscrit, par Robert du Val, qui
commença son travail pour le cardinal Balue et le termina pour le
roi Louis XI, et également enluminé à Paris en 1470, par les soins
de Pasquier Bonhomme, de la main de Jacques de Besançon.

Jacques de Besançon y a peint deux grandes miniatures de 21 centimètres de large, sur 22 et 19 centimètres de haut, l'une en tête du
volume, feuillet 1, réunissant en un seul tableau différentes scènes
de l'histoire romaine; l'autre, feuillet 121, représentant le passage
des Alpes par Annibal et la bataille de Cannes[1]. La première miniature est très supérieure à la seconde, d'une exécution plus rapide
et moins soignée[2].

XXIIᴬ.

Tite-Live, Décades traduites par Pierre Bersuire. — (Bibliothèque
de monseigneur le duc d'Aumale, château de Chantilly.) —
Trois volumes in-fol., deux colonnes.

Manuscrit ayant appartenu à Antoine de Chourses, seigneur de
Maigne, et à sa femme Catherine de Coëtivy. Les armoiries acco-
lées des deux époux sont peintes, ainsi que leurs chiffres entrelacés :
A K, et la licorne qui leur servait d'emblème, dans la bordure des
grandes miniatures placées en tête des trois volumes.

Chaque volume, correspondant à une Décade, comprend, comme
illustrations, une grande miniature frontispice et neuf autres minia-

---

1. Consulter pour plus de détails le *Catalogue descriptif et raisonné des
manuscrits de la bibliothèque de Tours*, par A. Dorange, p. 431.

2. Voir, sur ce manuscrit, Mʳˢ Pattison, *The Renaissance of art in France*
[Londres, 1879], tome Iᵉʳ, p. 274-275, et la planche placée en tête de ce
même volume qui reproduit un fragment de la première des miniatures de
Tours. Mʳˢ Pattison attribue cette miniature à Jean Foucquet. Elle veut
aussi que, dans la portion dont elle donne la gravure, la figure d'un tailleur de pierre soit un portrait de Louis XI. Cette seconde supposition n'est
pas plus fondée que la première. En réalité, la tête du tailleur de pierre
n'est qu'une des très nombreuses répétitions d'un des types courants chez
Jacques de Besançon, et on peut la retrouver identiquement dans une grande
quantité d'autres productions du maître.

Le manuscrit de Tours est également cité dans Müntz, *la Renaissance en
Italie et en France à l'époque de Charles VIII*, p. 497.

tures petites, placées dans les colonnes; soit en tout, pour l'exemplaire, trente miniatures. Toutes ces images sont des œuvres de la jeunesse de Jacques de Besançon.

XXIII.

Traité de la vanité des choses mondaines, par frère Jean Berthelemy. — (Bibliothèque de l'Arsenal, n° 5102.) — In-4°, longues lignes.

Le prologue de l'ouvrage débute ainsi : « A la louenge et honneur de Dieu et contempnement des chouses terriennes ci commence ung petit traicté de la vanité des choses mondaines, fait l'an mil quatre cens soixante-six, à l'instance de l'honnorable et devote religieuse seur Jehanne Geraude, du pais de Prouvence, du très religieulx couvent de l'umilité Nostre-Dame de Longchamp, par le plus petit et indigne des mineurs, frère Jehan Berthelemy. » On lit à la fin du volume : « Parfaict et acompli d'escripre l'an 1466. »

19 miniatures de dimensions variées aux feuillets 1, 1 b, 2 b, 3 b, 5 b, 7 b, 8, 9, 11, 14, 16, 18, 21, 23, 24 b, 26 b, 28 b, 39 et 41 b; œuvres de jeunesse de Jacques de Besançon, d'une exécution souvent lâchée et parfois d'une véritable faiblesse. Dans beaucoup d'entre elles figurent « l'acteur, » c'est-à-dire l'auteur Jean Berthelemy, en habit de frère mineur, et une religieuse dénommée « la suppliante, » qui doit être vraisemblablement Jeanne Geraude, à la requête de laquelle l'ouvrage a été composé[1]; mais les têtes n'ont aucun caractère de véritable portrait.

Ornementation d'ancien style.

XXIII^A.

Le livre de la destruction de Troyes. — (Bibliothèque nationale, ms. français 254.) — Petit in-fol., deux colonnes.

Ce manuscrit porte en plusieurs endroits, dans les encadrements et bordures, les armes parties de Louis Malet de Graville et de sa femme Marie de Balsac. Une note rajoutée sur un feuillet de garde nous apprend qu'il a ensuite passé par héritage à leur fille Anne de Graville.

A la fin du texte, et de la même écriture, on lit cette souscription : « Finy d'escripre le derrenier jour de juillet IIII C LXVII, par moy Richart Legrant. »

---

1. Trois de ces miniatures sont gravées dans Lacroix, *Sciences et lettres au moyen âge*, [Paris, Didot, 1877,] p. 569, 587 et 595.

L'illustration comprend un total de 106 miniatures, dont 41 grandes, s'étendant en largeur sur les deux colonnes. Parmi ces miniatures, toutes celles du début, du fol. 10 au fol. 75 b, sauf peut-être celles des fol. 12 et 55, pour lesquelles l'attribution est douteuse, et les miniatures des fol. 78 a et b et 146 b, soit 13 grandes et 30 ou 32 petites [1], sont des œuvres de jeunesse de Jacques de Besançon. D'autres images présentent également à un certain degré le caractère des productions du maître, mais sans qu'on puisse se prononcer aussi sûrement à leur égard. Telles sont les grandes miniatures des fol. 107, 108 et 121 et les petites des fol. 115, 119 b, 120 b et 168 b. Le complément de l'illustration est de mains différentes et d'une exécution inférieure.

XXIV.

Les cérémonies et ordonnances qui se appartiennent à gage de batailles. — (Bibliothèque nationale, ms. français 2258.) — . Petit in-4° [2].

Dans deux des grandes lettres initiales du volume sont peintes les armes de Bretagne.

L'illustration comprend 11 miniatures à mi-page représentant les différentes phases d'un combat à outrance, ou duel judiciaire, réglé conformément à l'ordonnance donnée par Philippe le Bel, en 1306.

Œuvre de Jacques de Besançon, d'une exécution particulièrement soignée, et comptant parmi ses plus remarquables productions [3].

Beaux encadrements, très délicats, dans l'ancien style, accompagnant chaque miniature.

XXV.

Abrégé de Tite-Live, et autres auteurs, appelé « Conpendion ystourial, dit le Mignon. » — (Bibliothèque nationale, ms. français 9186.) — Grand in-fol., deux colonnes.

Très beau manuscrit de grand luxe exécuté pour Jacques d'Armagnac, duc de Nemours. Les armoiries de ce prince étaient peintes

---

1. Parmi ces petites miniatures, deux aux folios 13 b et 15 b paraissent avoir été exécutées en partie par une autre main.

2. Le manuscrit est exposé dans la Galerie Mazarine, armoire XIX, n° 211.

3. Toutes les miniatures ont été reproduites dans la publication de Crapelet que nous avons mentionnée, p. 25. On trouve également des gravures de plusieurs d'entre elles dans différents ouvrages de vulgarisation, notamment dans Lacroix, *Mœurs, usages et costumes au moyen âge*, p. 378, et *Vie militaire et religieuse au moyen âge*, p. 166 et 167.

dans les encadrements de toutes les grandes miniatures. Elles ont été
effacées au début du volume, mais elles sont restées intactes vers la
fin, aux feuillets 252, 298 b, 301 et 304. Après le duc de Nemours,
ce manuscrit a appartenu à Tanneguy du Châtel, chambellan de
Louis XI, mort en 1477.

Suivant une note inscrite au dernier feuillet, le volume renferme-
rait 49 « histoires » ou miniatures. Cependant je n'en ai compté que
45, dont 9 grandes miniatures frontispices aux feuillets 1, 42 b, 56,
100, 137, 252, 298 b (l'Enfer) [1], 301 (le Paradis), 304 (Personnification
des quatre vertus cardinales), et 36 petites miniatures dans les
colonnes aux feuillets 7, 12, 15 b, 19, 23, 26 b, 30 b, 33 b, 38 b, 44 b,
52, 54, 61, 66, 70 b, 74, 78 b, 82 b, 87, 91, 95, 104, 106 b, 109 b, 113 b,
116 b, 120 b, 126, 130, 136, 312 b, 313, 315 b, 318, 321 et 327.

Toutes ces miniatures sont de la main de Jacques de Besançon et
de sa meilleure époque.

Belles bordures d'ancien style.

XXVᴬ.

Du régime des princes, par Gilles de Rome, translaté en français.
— (Bibliothèque nationale, ms. français 579.) — Petit in-fol.,
deux colonnes.

Provient du duc de Nemours. Celui-ci avait mis sa signature à la
fin du volume, où elle a été grattée.

Quatre miniatures [2] aux fol. 5 (à mi-page), 48 b (de la hauteur d'une
colonne), 92 b (une page entière) et 108 b (une colonne et la moitié,
en hauteur, de la colonne voisine). La première est due à un enlumineur plus ancien. Il est possible qu'elle ait été légèrement retou-
chée dans les têtes. Les trois autres ont été ajoutées par Jacques de
Besançon. Dans la plus importante, celle du fol. 92 b, le maître,
ayant à représenter une chambre éclairée par un vitrail, a placé ce
vitrail, comme ornement, à côté des armes royales de France, le
blason peint du duc de Nemours. C'est donc bien pour ce prince
qu'il a exécuté cette série d'images, traitées dans une gamme claire,
avec beaucoup de soin.

Bordures d'ancien style.

---

1. Reproduit en réduction dans notre planche II.
2. Pour plus de détails sur ces miniatures, voir Paulin Paris, *les Manuscrits françois*, V, p. 65 et suiv.

XXVI.

Miroir historial de Vincent de Beauvais, traduit par Jean de
Vignay, tomes I et II de l'exemplaire. — (Bibliothèque nationale, mss. français 50 et 51.) — Deux volumes grand in-fol.,
deux colonnes. Superbe manuscrit décoré avec le plus grand
luxe [1].

Ce manuscrit a été exécuté pour Jacques d'Armagnac, duc de
Nemours. Mais les armoiries et la devise de ce premier possesseur
ont été partout grattées et remplacées, après coup, par l'écusson de
Bourbon, et la devise : Espérance, de Pierre de Beaujeu.

L'illustration de ces deux volumes comprend un total de 396 miniatures, non compris le bel *ex-libris* du tome II, dont 211 pour le premier volume, et 185 pour le second. Toutes ces miniatures ont été
peintes par Jacques de Besançon, et quelques-unes comptent parmi
ses meilleures œuvres [2]. La miniature initiale du tome I [3] et celle du
feuillet 211 du tome II sont de grande dimension, couvrant plus d'une
demi-page. Les autres sont généralement en hauteur, placées dans
une colonne du texte. Quelques-unes cependant s'étendent en largeur
sur un espace équivalant aux deux colonnes réunies. En tête du
tome II (ms. français 51), et remplissant une page entière, est un très
bel *ex-libris*, également de la même main, montrant un écusson, où
les armoiries de Bourbon ont été peintes en surcharge sur celles du
duc de Nemours, soutenu par deux sirènes accostées de deux sauvages, et accompagné de quatre monstres fantastiques qui tiennent
au-dessus et au-dessous du blason des banderoles portant la devise.

Bordures et encadrements dans l'ancien style, d'une exécution très
délicate.

XXVI *bis*.

Miroir historial de Vincent de Beauvais, traduit par Jean de
Vignay, tome III et dernier, faisant suite aux deux précédents.
— (Bibliothèque de monseigneur le duc d'Aumale, château de
Chantilly.) — Grand in-fol., deux colonnes.

Ce splendide volume complète l'exemplaire exécuté pour le duc

---

1. Voir Paulin Paris, *les Manuscrits françois de la Bibliothèque du roi*,
I, p. 53 et suiv.

2. Nous reproduisons une de ces miniatures, planche I, représentant le
martyre de sainte Ursule.

3. Cette miniature est décrite en détail par M. Paulin Paris, *loc. cit.*

de Nemours. Il est dans sa primitive reliure [1]. Contrairement à ce qui se rencontre dans les tomes I et II, les armoiries du duc de Nemours, sauf en deux endroits, et sa devise, fréquemment répétée, sont demeurées intactes.

A la fin du volume, le copiste a tracé cette note : « Fut escript et commancé le présent livre par moy, Gilles Gracien (mot gratté), l'an LIX, et fut finy le premier jour de septembre mil CCCC soixante et trois. »

L'illustration comprend 110 miniatures de dimensions variables, disposées comme dans les deux autres tomes de la Bibliothèque nationale, toutes également de la main de Jacques de Besançon, et traitées avec beaucoup de soin et d'éclat.

Ce tome III a dû être séparé de très bonne heure des deux premiers volumes, car il ne paraît pas qu'il ait suivi leur sort, lorsque ceux-ci passèrent à la fin du xve siècle aux ducs de Bourbon. Monseigneur le duc d'Aumale a acquis ce manuscrit en Angleterre, de lord Stuart de Rothsay ; et, d'après ce dernier, le volume se trouvait antérieurement conservé en Suisse.

XXVII.

Valère Maxime, traduit en français par Simon de Hesdin et Nicolas de Gonesse. — (Bibliothèque nationale, ms. français 41.) — In-fol., deux colonnes.

Manuscrit exécuté pour Jacques d'Armagnac, duc de Nemours. Ses armoiries étaient peintes au bas de chacune des neuf grandes miniatures du volume. Elles ont été plus tard recouvertes par celles de Pierre de Beaujeu.

L'illustration comprend 10 miniatures, dont 9 grandes, formant frontispices en tête des neuf livres de l'ouvrage, et une petite dans une colonne. Sur ces miniatures, le premier frontispice seul, en tête du manuscrit, est de Jacques de Besançon, à une époque encore peu avancée de sa carrière. La composition y est partagée en trois scènes superposées.

Bordures d'ancien style.

---

1. Cette reliure est en velours cramoisi à dessins gaufrés. Sur chaque plat, sont disposées six grosses bossettes ou « boullons » de cuivre doré ouvragé, et quatre garnitures d'angle du même métal. Fermoirs formés de deux lanières ou « tirans » de velours cramoisi, terminées chacune par un carré de laiton percé d'un trou qui vient s'engager dans un piton. Sur la tranche, sont peintes les armoiries du duc de Nemours et les lettres qui, lues dans un ordre convenable, donnent sa devise : Fortune d'amis.

XXVII^A.

Valère Maxime, même traduction française. — (Bibliothèque
   impériale de Vienne, n° 2544.) — In-fol., deux colonnes.

Autre exemplaire provenant également du duc de Nemours. Ses
armoiries se trouvaient peintes dans la première grande initiale. Elles
ont été effacées et recouvertes par le blason de Tanneguy du Châtel[1].
On a aussi gratté la note autographe que le prince avait inscrite à
la fin du volume. Mais, malgré le grattage, sa signature : Jaques,
est encore très lisible. Avant les lignes grattées, on lit la mention :
« En ce livre a III° XLV feuilles, histoires XIIII. »

Jacques de Besançon est l'auteur de ces 14 miniatures, dont une
grande à mi-page au fol. 1 b, et les autres dans les colonnes, fol. 46 b,
59 b, 101 b, 110 b, 115, 120, 129 b, 146, 175, 204, 224 b, 254 et 290 b.
Bordures d'ancien style.

XXVIII.

Valère Maxime, même traduction. — (British Museum, Harleian
   mss. 4374 et 4375.) — Deux volumes grand in-fol.

Aux armes de Comines : de gueules à la bordure et au chevron
d'or accompagnés de trois coquilles d'argent, deux en chef et une en
pointe ; qui sont tantôt seules, tantôt écartelées avec un autre blason :
d'argent au chef de gueules chargé de trois aiglettes d'or. Portant en
outre les initiales I F réunies par un lacs.

Tome I, 4 grandes miniatures frontispices aux feuillets 1, 88, 161
et 211, et 26 petites miniatures aux feuillets 16, 25, 29, 31 b, 39 b, 56,
68, 77 b, 129, 147, 151, 155 b, 165, 183, 188, 194, 195, 199, 206, 222,
225 b, 233 b, 237, 240, 244 b et 249. — Tome II, 5 grandes miniatures
frontispices aux feuillets 1, 45, 77, 123 et 179, et 54 petites aux feuillets 11 b, 25, 31, 33, 38, 39 b, 42, 43, 50 b, 55, 62, 65 b, 68, 70, 70 b,
72, 79, 90 b, 96, 102 b, 106 b, 113, 118, 120, 135, 138 b, 140, 141,
142 b, 144, 151 b, 153, 155 b, 157 b, 159, 160 b, 161 b, 167, 171 b,
196 b, 213 b, 226, 228, 233, 235, 237 b, 240 b, 242, 245, 249 b, 255,
257 b, 258 et 261.

Toute cette illustration est entièrement de la main du maître.

XXIX.

Boccace, Des cas des nobles hommes et femmes, traduction
   française de Laurent de Premierfait. — (Ancienne collection

---

1. Parti : au 1, fascé d'or et de gueules ; au 2, de gueules à 9 besants d'or.

Hamilton, n° 12 de la vente faite à Londres en mai 1889.) — In-fol.

84 miniatures, dont 9 grandes à mi-pages et 75 petites dans les colonnes. Bonne œuvre de Jacques de Besançon, d'une facture absolument analogue à celles des miniatures peintes par le maître pour le duc de Nemours [1].

Bordures d'ancien style.

XXIXᴬ.

Boccace, Des cas des nobles hommes et femmes, traduction française de Laurent de Premierfait. — (Bibliothèque de monseigneur le duc d'Aumale, château de Chantilly.) — In-fol., deux colonnes.

Ce manuscrit a appartenu à Jacques d'Armagnac, duc de Nemours. Les armes de ce prince sont peintes au bas des miniatures des fol. 1 et 41, et, en plus grandes proportions, au fol. 7. En outre, on lit sur le dernier feuillet cette note, analogue à celle des autres volumes de la bibliothèque du duc : « Ce livre a IIIᶜ XLV feuilles, histoires x. Ce livre de Boccace, Des cas des nobles hommes maleureux, est au duc de Nemours, conte de la Marche.

« (*Signé* :) Jaques. — Pour la Marche [2]. »

A la fin du texte, fol. 335 *b*, est une intéressante inscription, en lettres alternativement rouges et noires d'une ligne à l'autre, qui donne le nom du copiste et la date de son travail. Cette inscription est disposée comme suit, les caractères italiques désignant les lignes tracées à l'encre rouge :

> *Cy fine le livre de Jehan Boccace des*
> cas des nobles hommes et femmes.
> *Translaté de latin en françois par*
> moy Laurens de Premierfait
> *cler du dyocese de Troyes.*
> Et fut compilée ceste
> *translation le xvᵉ jour*
> d'avril mil CCCC

---

1. Ce manuscrit est décrit en détail, avec l'indication du sujet de chaque miniature, dans le catalogue de la vente Hamilton (cf. dans le *Repertorium für Kunstwissenschaft*, VII, p. 298, le travail de M. W. von Seidlitz). Ce catalogue donne la reproduction de trois des miniatures, deux petites (pl. VI) et une grande (pl. V).

2. La signature et les trois mots qui suivent sont de la main du prince.

et neuf c'est as
savoir le lun
di apres
Pasques.
Et
est ce pñt[1]
livre fait et
et contreescript à
l'original dudit Lau
rens translateur d'icelluy
livre de latin en françois, fait
par moy Jacob ten Eyken l'an
mil CCCC LXV, fait et accom
pli le mercredi le vᵉ jour de fevrier.
Deo Gracias.

Les dix miniatures, de grande dimension, formant autant de frontispices accompagnés de bordures, se trouvent en tête du prologue et de chacun des neuf livres de l'ouvrage, aux fol. 1, 7, 41, 76, 146, 154, 190, 230, 258 et 296[2]. Ce sont des œuvres de la jeunesse de

---

1. Présent.

2. Laurent de Premierfait avait dédié sa traduction de Boccace au duc de Berry ; si donc Jacob Ten Eyken a réellement, comme il l'affirme, exécuté sa copie sur l'original, il faut qu'il ait eu sous les yeux un manuscrit venant du duc de Berry. Il est très intéressant de noter, comme fait à l'appui de cette indication, que, dans le manuscrit de Chantilly, la première miniature semble également indiquer l'imitation directe d'un livre du duc de Berry. La partie supérieure de droite, dans cette miniature divisée en trois compartiments, montre Laurent de Premierfait offrant son travail au duc de Berry. Or, dans la figure du frère de Charles V, on constate la présence de certains détails typiques de costume, le bonnet à bords retroussés garni de fourrure, et surtout le riche joyau circulaire suspendu au cou par une chaîne, qui sont rigoureusement conformes à ce que l'on trouve dans les meilleurs portraits du même personnage exécutés de son vivant, notamment dans la merveilleuse peinture qui le représente en habit de pèlerin, à la fin de ses petites Heures (ms. latin 18014 de la Bibliothèque nationale). On sent donc d'une façon très sensible, à travers l'image tracée par Jacques de Besançon en 1466, cinquante ans par conséquent après la mort du duc de Berry, l'influence d'une miniature plus ancienne, renfermant une excellente effigie du duc, peinte par un artiste de son temps.

Le manuscrit de Chantilly permettra peut-être un jour, par comparaison, d'identifier, si on le retrouve, cet exemplaire « original » des cas des nobles et femmes, ayant appartenu au duc de Berry, qui était probablement celui qui fut offert au duc par l'évêque de Chartres aux étrennes du 1ᵉʳ janvier 1411 (voir L. Delisle, *le Cabinet des manuscrits*, III, p. 187, n° 208 de la librairie du duc de Berry).

Jacques de Besançon, d'un faire encore timide et incertain. Au contraire, des figures qui supportent l'écusson au fol. 7, également de la main de notre enlumineur, appartiennent à l'époque de l'entier développement de son talent.

XXIXᴮ.

François Pétrarque, Des remèdes de l'une et l'autre fortune, traduction française par J. d'Augin. — (Bibliothèque royale de Dresde, O. 54.) — In-fol., deux colonnes.

Exemplaire du duc de Nemours. A la fin du texte, fol. 202, note autographe : « Ce livre de Petraque est au duc de Nemours, conte de la Marche. [*Signé*] Jaques. Pour la Marche. » Au verso du dernier feuillet de garde : « Ce livre a cent quatre vingz dix huit feuilles, et histoyres deux. »

Deux grandes miniatures à mi-page aux fol. A et 15. Œuvre de jeunesse de Jacques de Besançon.

XXIXᶜ.

Triomphes de Pétrarque, traduits en français. — (Bibliothèque royale de Munich, cod. gall. 14 ou cod. cum picturis 53.) — Petit in-fol., longues lignes.

Ce manuscrit devait être orné de plusieurs grandes miniatures à pleine page. La première seule, représentant le Triomphe de l'Amour, a été peinte par Jacques de Besançon, dans sa dernière manière.

XXX.

La Cité de Dieu de saint Augustin, traduite par Raoul de Presles. — (Bibliothèque Sainte-Geneviève, CCᶠ 1.) — Grand in-folio, deux colonnes.

La devise du personnage pour qui le manuscrit a été exécuté, « Va, hastiveté m'a brulé, » est répétée dans chacune des bordures qui accompagnent les miniatures.

A la fin du texte, le copiste a inscrit en rouge son monogramme : P. R.

22 miniatures, dont 6 grandes à mi-pages et les autres dans les colonnes aux feuillets 1, 3 (grande miniature : la Cité de Dieu et la Cité du Monde[1]), 21, 48 *b*, 89, 113, 137, 151, 170, 202, 220 (grande

---

1. Cette miniature est semblable, dans son ensemble, à celle qui représente le même sujet et que nous décrirons un peu plus loin à propos du manuscrit formant le n° XXXII de notre *Catalogue de l'œuvre*. Mais la

miniature), 232, 241, 250, 264, 284, 307, 324, 354 *b* (grande miniature), 371 *b* (grande miniature : le Jugement dernier), 389 (grande
miniature : l'Enfer), et 406 (grande miniature : le Paradis).

Ornementation d'ancien style.

XXXI.

La Cité de Dieu, de saint Augustin, traduction de Raoul de
Présles, tome Ier de l'exemplaire. — (La Haye, Musée Meer-
mano Westreenen [1].) — Grand in-folio, deux colonnes.

Aux armes de Comines : de gueules à la bordure et au chevron
d'or, accompagnés de trois coquilles d'argent, le blason soutenu par
deux léopards. Ces armes sont répétées sur la tranche du volume.

11 grandes miniatures-frontispices et 275 petites, soit un total de
286 tableaux. Bonne œuvre du maître dans toute la force de son
talent.

XXXI *bis.*

La Cité de Dieu, tome II de l'exemplaire. — (Bibliothèque
de Nantes, n° 8.) — Grand in-folio, deux colonnes [2].

Aux armes de Comines, comme le tome Ier.

10 grandes miniatures-frontispices et 341 petites, soit au total
351 tableaux [3].

---

composition est traitée avec moins d'ampleur et disposée d'une manière
moins heureuse.

La miniature du manuscrit de Sainte-Geneviève est reproduite dans
Lacroix, *Sciences et lettres au moyen âge*, p. 75. Le même auteur a donné
également une gravure d'une autre image du volume dans la *Vie religieuse et militaire*, p. 451.

1. Avant d'arriver à Meerman, ce tome Ier a successivement fait partie
des bibliothèques de Foucault, conseiller d'État et ancien intendant de
Caen, Crozat de Tugny et Gaignat (n° 242 du catalogue). Jusqu'à une
époque relativement voisine de nous, il avait conservé sa reliure primitive, identique à celle qui recouvre encore le tome II, de la bibliothèque
de Nantes, mentionné à l'article suivant.

2. Ce manuscrit provient de l'Oratoire de Nantes. Il est dans sa première
reliure, exécuté pour Comines. Celle-ci est en bois recouvert de velours
cramoisi, avec des coins dorés et un fermoir à deux lanières. Sur chaque
plat sont disposées cinq coquilles, également dorées, rappelant le blason
de Comines.

Je dois ces renseignements à l'obligeance de mon érudit confrère,
M. Léon Maître, archiviste de la Loire-Inférieure, auquel j'exprime ici
tous mes remerciements.

3. Consulter, sur ces deux volumes de la Haye et de Nantes, les articles

XXXII.

La Cité de Dieu de saint Augustin, traduite par Raoul de Presles. — (Bibliothèque nationale, mss. français 18 et 19.) — Deux volumes très grand in-folio, deux colonnes[1].

Superbe manuscrit, dont le tome Ier porte, inscrite à la fin, la date de 1469. Il a été exécuté pour Charles de Gaucourt, fils du célèbre chambellan et grand maître d'hôtel de Charles VII, mort en 1482, et pour sa femme Agnès de Vaux, morte en 1471. Plus tard, il a passé aux mains de l'amiral Malet de Graville. Celui-ci a fait approprier l'exemplaire à son usage en faisant peindre ses armoiries en surcharge sur celles des premiers possesseurs, et effacer leurs chiffres et devises. Par bonheur, ce travail de démarquage n'a pas été effectué partout avec le même soin. Au feuillet 180 *b* du tome Ier (ms. français 18), les enlumineurs de Malet de Graville ont oublié d'enlever les initiales A. C. réunies par un lacs d'amour d'Agnès de Vaux et de Charles de Gaucourt. Au feuillet 234 *b* du même volume, on peut arriver à lire, sous un grattage imparfait, la devise des Gaucourt « A la première. » Enfin, en maints endroits, sous le champ rouge de l'écusson de Graville, transparaissent les hermines et la silhouette des deux bars adossés qui constituent leur blason.

---

de MM. E. Gautier et B. Fillon, dont l'un renfermant une longue lettre de M. Holtrop, dans la *Revue des provinces de l'Ouest*, III, [1855-56,] p. 674 et 678, et IV, [1856-57,] p. 536.

C'est à tort que M. Fillon a fait un rapprochement entre ces manuscrits et un missel écrit en 1492 pour Jean-Baptiste de Foix, évêque de Comminges, par un certain Pierre de la Nouhe, et qu'il s'est appuyé sur cette prétendue ressemblance pour supposer que ce même Pierre de la Nouhe pouvait avoir été également pour quelque chose dans l'exécution de la *Cité de Dieu* de Comines. Les miniatures du missel de l'évêque de Comminges, lequel appartient à la Bibliothèque nationale (ms. latin 16827, ancien n° 4 de La Vallière), n'ont rien de commun avec l'œuvre de Jacques de Besançon. Elles n'appartiennent même pas à l'école parisienne, mais se rattachent franchement à l'école de Tours et du centre de la France. D'ailleurs rien ne prouve que Pierre de la Nouhe ait été un miniaturiste. Bien au contraire, la note finale du missel de l'évêque de Comminges, qui renferme son nom, ne le mentionne que comme ayant *écrit* le volume « fecit ipsum *scribi*..... dominus Johannes de Fuxo..... per me Petrum de la Nouhe, etc. » Il serait donc téméraire, jusqu'à preuve contraire, de voir en lui autre chose qu'un simple copiste. Agir autrement serait s'exposer à une erreur analogue à celle que nous avons relevée, page 36, à propos de frère Jean Rigot.

1. Le tome Ier est exposé dans la Galerie Mazarine, armoire XIX, n° 212.

24 très grandes miniatures, souvent divisées en deux ou trois compartiments superposés, toutes de la main de Jacques de Besançon et exécutées par lui avec un soin tout particulier. Chef-d'œuvre du maître, de sa meilleure époque, lorsqu'il subissait l'influence de Fouquet. Onze d'entre elles sont au tome Ier (ms. français 18), feuillets ᴀ, 3 *b*, 23, 60 *b*, 111, 137, 166, 180 *b*, 201, 222 *b* et 234 *b*; treize au tome II (ms. français 19), feuillets 1, 2, 12, 17, 38, 55 *b*, 81 *b*, 110, 132 *b*, 179, 190, 211, 232.

Les deux peintures placées en tête du tome Ier sont surtout particulièrement remarquables à la fois par leur beauté et par leurs dimensions exceptionnelles pour des miniatures.

La première, que nous reproduisons planche III, forme le frontispice du volume (ms. français 18, fol. ᴀ) et mesure 0[m]330 de haut sur 0[m]235 de large, bordure non comprise. Elle figure la scène traditionnelle de la présentation au roi de France, par Raoul de Presles, de sa traduction de la *Cité de Dieu*. Mais le sujet est traité avec des développements accessoires considérables. La partie principale se trouve reléguée au fond du tableau. Tout le devant est occupé par des groupes de docteurs debout et dissertant entre eux. Au premier plan, au centre, sont les cinq Pères de l'Église latine, saint Jérôme, saint Grégoire, saint Hilaire, saint Ambroise et saint Augustin[1]. Au-dessus d'eux voltige un ange déroulant une banderole avec cette inscription : « Super omnes Augustinus. » Ce groupe des Pères est accompagné de quatre autres groupes, chacun réservé à un des quatre ordres mendiants, et comptant trois interlocuteurs. A droite, en avant, les Franciscains : saint Bonaventure avec le chapeau de cardinal, Jean Scot et Alexandre de Halle. Derrière eux, les Dominicains : saint Thomas d'Aquin, Albert le Grand et Pierre de Tarentaise. A gauche, au premier plan, les Carmes : T. Walden (Thomas Netter, de Walden), Jean Golein, J. de Bo[non]ia (Jean de Sainte-Catherine). Au second plan, les Augustins : Grégoire de Rimini, Gilles de Rome et Thomas de Strasbourg[2].

La seconde miniature (ms. français 18, fol. 3 *b*), encore plus grande, atteint 0[m]450 de haut sur 0[m]320 de large. Elle montre, dans le ciel, la Cité de Dieu habitée par les saints et vers laquelle les élus sont conduits par de jeunes femmes personnifiant les Vertus ; et, sur la

---

1. Chaque personnage a son nom écrit auprès de lui ou sur lui en caractères dorés très petits. Ces inscriptions, à cause de leur finesse, ne sont pas toujours venues sur notre planche, d'autant que les proportions de l'original ont dû y être sensiblement réduites.

2. Voir les éloges donnés justement à cette belle page, ainsi qu'à la suivante, par Labarte, *Histoire des arts industriels*, III, p. 296-297. Cf. Paulin Paris, *les Manuscrits françois*, I, p. 24.

terre, la Cité du Monde. Celle-ci forme une enceinte circulaire divisée en sept secteurs. Dans chacun des secteurs, des scènes pittoresques représentent la pratique d'un des sept péchés capitaux, et, en opposition, l'exercice de la vertu qui en est la contre-partie : la Paresse et la Diligence, l'Avarice et la Libéralité, la Gloutonnerie et la Sobriété, la Luxure et la Chasteté, l'Orgueil et l'Humilité, l'Ire (Colère) et la Patience.

XXXIII.

La Légende dorée, traduction de Jean de Vignay. — (Bibliothèque nationale, mss. français 244 et 245.) — Un tome divisé en deux volumes in-folio, à deux colonnes.

Très beau manuscrit, d'une exécution extrêmement brillante et soignée, exécuté pour Antoine de Chourses, seignèur de Maigne, et pour sa femme Catherine de Coëtivy, dont il porte les armoiries et les chiffres entrelacés, A et K (Antoine et Katerine), en marge de chacune des grandes miniatures.

L'illustration comprend neuf grandes miniatures frontispices et quatre-vingt-une petites miniatures dans les colonnes. Les grandes miniatures, bien que consacrées chacune à un seul ordre général de sujet, sont divisées en plusieurs compartiments juxtaposés qui couvrent la moitié supérieure de la page et descendent sur les côtés et au bas de la marge, de manière à former un encadrement continu. Six d'entre elles se trouvent au tome Ier (ms. français 244), feuillets 1 (le Péché originel et l'Attente de la Rédemption), 4 (l'Incarnation et la Délivrance des âmes justes), 24 (la Nativité), 107 (l'Annonciation[1]), 118 (la Résurrection), 158 (la Pentecôte); trois au tome II, feuilets 43 (Mort de la Vierge), 84 (l'Arbre de Jessé), et 156 (le Paradis). Ces neuf belles pages sont entièrement de la main de Jacques de Besançon et se placent au premier rang parmi les meilleures œuvres de sa dernière manière.

Les petites miniatures dans les colonnes représentent des scènes de la vie des saints. Sur l'ensemble, Jacques de Besançon lui-même en a peint soixante-et-une : tome Ier (ms. français 244), feuillets 9, 14, 20, 29, 32, 27*b*, 29*b*, 35*b*, 39*b*, 47*b*, 54*b*, 62*b*, 66*b*, 76, 180*b*, 186*b*, 195*b*, 197, 200*b* et 207*b*; tome II (ms. français 245), feuillets 1, 5*b*, 8, 12*b*, 15, 18*b*, 20*b*, 23, 31*b*, 34, 40*b*, 55, 61*b*, 65*b*, 74*b*, 80*b*, 89*b*, 93*b*, 97, 102, 104, 109, 111, 114, 119*b*, 122*b*, 124*b*, 132, 135, 141, 145*b*, 148*b*, 152, 162, 169, 175, 179*b*, 182*b*, 189, 193 et 206. Les vingt autres, toutes dans le ms. français 244, feuillets 81, 86*b*, 89, 92,

---

1. Reproduit, en proportions réduites, dans notre planche IV.

99 *b*, 104 *b*, 111, 124 *b*, 125 *b*, 128 *b*, 132, 135 *b*, 140 *b*, 141 *b*, 146, 150, 153, 168 *b*, 172 *b* et 174, ont été seulement exécutées par un élève du maître.

Charmantes bordures à compartiments accompagnant chaque petite miniature. Les plus remarquables sous le rapport du goût et de l'effet décoratif sont au tome II (ms. français 245), feuillets 31 *b*, 102, 124 *b*, 175, 189 et 206.

XXXIV.

Vita Christi, en français. — (British Museum, Add. mss. 25885, 25886 et 25887.) — Trois volumes petit in-folio.

Aux armes du cardinal d'Amboise.

Jacques de Besançon a peint, dans le tome Ier de ce manuscrit, un frontispice au feuillet 3, et d'autres miniatures plus petites, de forme allongée, placées dans le milieu de la partie inférieure des encadrements de page, aux feuillets 26 *b*, 72, 104, 130 *b*, 140, 143, 207, 211 *b*, 226 *b* et 273.

XXXV.

Histoire du petit Jehan de Saintré. — (British Museum, Cotton ms. Nero, D. IX. — Exposé sous vitrine, série des enluminures, n° 37.) — Petit in-folio, deux colonnes.

Manuscrit ayant appartenu à Anne de Graville, fille de l'amiral Malet de Graville.

Sur onze images en longueur qui illustrent ce manuscrit, quatre, aux feuillets 51, 55 *b*, 77 *b* et 103, sont de Jacques de Besançon, datant d'une époque avancée de sa carrière, et ressemblant beaucoup aux miniatures qu'il a peintes pour Antoine Vérard.

Bordures à compartiments.

XXXV^A.

Statuts de l'ordre de Saint-Michel. — (Bibliothèque impériale de Vienne, n° 2637.) — In-8°[1].

En tête du volume sont reliés deux feuillets de moindre format, contenant une pièce de vers relative à l'ordre, adressée à Charles VIII[2].

---

1. Ce manuscrit provient de la bibliothèque réunie au siècle dernier par M. de Hohendorf. — Voir Waagen, *Die vornehmsten Kunstdenkmæler in Wien,* II, p. 79-80.

2. Cette même pièce de vers se trouve dans l'exemplaire des statuts de Saint-Michel du roi Charles VIII, que possède la Bibliothèque nationale

Le manuscrit des statuts ne commence en réalité qu'au feuillet 3. Ce feuillet a le recto blanc, portant seulement en haut la note suivante en écriture cursive, tracée par un des serviteurs de Louis XII qui avait soin de sa bibliothèque[1]. « Cest livre de l'institution de l'ordre de monseigneur Sainct Michel appartient au roy Loys XII⁰. » Le verso du même feuillet est occupé par un grand médaillon peint, de forme circulaire, avec une bordure de feuillage à la mode italienne, portant au milieu les armes de Bourbon entourées du collier de Saint-Michel et surmontées d'une couronne.

Le reste du volume se présente comme suit :

Fol. 4. — Blanc.

Fol. 5-9. — Table du volume.

Fol. 10. — Blanc.

Fol. 11. — Blanc au recto. Au verso, une grande peinture à pleine page représentant le roi de France, debout, montrant à un groupe de chevaliers de Saint-Michel, placés derrière lui, les insignes de l'ordre consistant dans le grand manteau blanc, le chaperon et le collier, qui sont déposés sur une table. Au premier plan à droite, un secrétaire, un genou en terre, écoute le monarque et s'apprête à écrire ses instructions. Le roi est en costume de souverain, couronne en tête. Les chevaliers de l'ordre sont en habits ordinaires, portant seulement le collier sur leurs épaules. Ce tableau est encadré d'un motif d'architecture, modelé en tons dorés, formant une arcature aux deux extrémités de laquelle deux anges agenouillés tiennent les armes royales de France.

Fol. 12-38 a. — Texte de l'ordonnance de création de l'ordre, de 1469. En tête, une grande lettre historiée : figure de saint Michel.

Fol. 39 b-47 a. — Ordonnance complémentaire de 1476. En tête, grande lettre historiée : buste de Louis XI, de trois quarts à droite.

Fol. 47 b-57. — Ordonnance de 1476, portant fondation d'une collégiale de l'ordre. En tête, dans le haut du fol. 47 b, une miniature représentant la victoire de saint Michel sur le démon. Au-dessous, dans une lettre historiée, un second portrait de Louis XI, analogue au premier.

Fol. 58. — Premières lignes d'une ordonnance au nom de Charles VIII, qui s'arrête brusquement comme si le manuscrit était inachevé. En tête, lettre historiée : portrait en buste de Charles VIII.

_____

(ms. français 14363); mais, dans ce dernier manuscrit, elle fait corps avec l'ensemble du volume.

1. Cette note est, en effet, de la même main et se termine par le même paraphe que plusieurs inscriptions analogues tracées sur d'autres manuscrits ayant appartenu également à Louis XII. (Bibliothèque nationale, mss. latins 1412 et 8348; mss. français 849 et 5089. — Cf. L. Delisle, le Cabinet des manuscrits, I, p. 122.)

Toutes les illustrations mentionnées ci-dessus sont de la main de Jacques de Besançon et ont été exécutées par le maître avec un soin tout particulier. La grande peinture compte parmi ses meilleures œuvres. On constate aussi une recherche très sensible de la ressemblance dans les portraits des lettres historiées, surtout dans le premier buste de Louis XI, au fol. 39 *b*.

XXXV B.

Statuts de l'ordre de Saint-Michel. — (Bibliothèque de M. de Villeneuve.) — In-8°.

Exemplaire exécuté pour le duc Louis II de Bourbon.

Le texte de ce volume comprend une table, l'ordonnance de fondation de 1469 et les deux ordonnances de 1476.

En tête de l'ordonnance de 1469, grande lettre historiée : portrait en buste de Louis XI, de trois quarts à droite. Dans la bordure de la même page, sur le côté, petite figure en pied du duc de Bourbon représenté debout, armé de toutes pièces, avec une couronne d'or sur la tête, le collier de l'ordre au cou, tenant dans sa main droite un grand pennon aux couleurs de Bourbon, son casque posé à terre près de lui. Dans le bas de la page, le blason du prince entouré du collier.

En tête de la première des ordonnances de 1476, autre lettre historiée, renfermant également un buste de Louis XI, mais tourné à gauche.

Enfin, en tête de la seconde ordonnance de 1476, miniature à mi-page : saint Michel combattant le dragon.

Toutes ces illustrations sont absolument de la même facture que celles du précédent manuscrit.

Bordures à compartiments, où le blason de Bourbon : de France à la bande de gueules, est employé comme motif principal.

DEUXIÈME SECTION.

Miniatures peintes dans des livres imprimés sur vélin conservés à la Bibliothèque nationale[1].

XXXVI.

L'Art de bien mourir, suivi de l' « Eguyllon de crainte divine. » — Les exemplaires ordinaires portent à la fin du premier traité :

---

1. Ainsi que l'indique le libellé de ce titre, cette partie de mon enquête n'a pu porter que sur ceux des volumes sortis de la boutique d'Antoine

« Imprimé à Paris par Gillet Cousteau et Jehan Menard, l'an
de grace mil quatre cens nonante et deux, le dix huitiesme jour
du mois de juillet, pour Anthoine Verard; » mais dans cet
exemplaire cette indication a été supprimée[1], ce qui semble
indiquer que le volume n'a été mis à point et décoré qu'à une
époque postérieure à la date marquée pour l'impression. —
(Bibliothèque nationale, Réserve, n° 354. — Van Praet, Théologie, n° 449.)

Toutes les figures sur bois de cet exemplaire, au nombre de 22, ont
été enluminées avec beaucoup de soin. Pour neuf d'entre elles, aux
fol. 18, 19b, 22b, 24, 34, 36, 38, 39, 40b, la mise en couleurs est due
à Jacques de Besançon.

XXXVII.

Josephus, de la Bataille judaïque..... Et fut acomplie le septiesme
jour de decembre mil CCCC quatre vingz et douze et imprimée
à Paris pour Anthoyne Verad (sic), libraire, etc. Grand in-folio.
— (Bibliothèque nationale, Réserve, n° 696 des vélins. — Van
Praet, Histoire, n° 51.)

Exemplaire de dédicace qui a été offert par Vérard au roi Charles VIII.
Au verso du titre est une grande miniature à pleine page représentant
l'hommage de l'exemplaire. C'est à cheval, en armure de guerre et
sur le point de se mettre en campagne, que le roi reçoit le volume des
mains de Vérard agenouillé. « L'historien Josèphe, comme le remarque
Van Praet, est présent à cette cérémonie ; et, de crainte qu'on ne se
trompe sur ce personnage, le peintre a eu soin de le désigner par
son nom. »

Vérard qui figurent actuellement dans la série, d'ailleurs incomparable,
des vélins, à la réserve des imprimés de la Bibliothèque nationale. Il est
très possible que, parmi les autres volumes du même genre qui existent
hors de Paris, et dont il a été dit un mot page 46, il s'en trouve également qui renferment des enluminures de Jacques de Besançon, destinés
par conséquent à venir un jour grossir ce premier essai de Catalogue raisonné.

En commençant cette revue de quelques-uns des plus beaux livres sur
vélin de la Bibliothèque, j'ai à cœur d'exprimer tous mes remerciements
à M. O. Thierry-Poux, conservateur des imprimés, pour ses si utiles indications et son empressement à faciliter mes recherches.

1. A la place qu'elle devait occuper on trouve la marque de Vérard peinte
à la main en or et couleurs.

Le volume est illustré de 143 miniatures de différentes mains. Sur cet ensemble, Jacques de Besançon n'a peint que la grande miniature de présentation au verso du titre et deux autres grandes miniatures, l'une placée en regard de la précédente[1], en tête du prologue adressé par Vérard à Charles VIII qui forme le début de l'ouvrage, feuillet *a ii*, et l'autre à la fin de la table qui suit immédiatement ce prologue, feuillet [*a viii*].

XXXVIII.

Les Paraboles maistre Alain, en françois..... Imprimé à Paris ce xx jour de mars mil CCCC quatre vingts et douze [1493, n. st.] par Anthoine Verard. — (Bibliothèque nationale, Réserve, n° 580 des vélins. — Van Praet, Belles-Lettres, n° 236.)

Cet exemplaire est enrichi de 129 miniatures. Parmi elles, la miniature de grande dimension placée en tête du volume au feuillet *a ii*, représentant l'auteur professant à ses disciples, et les deux petites miniatures, du recto et du verso du feuillet [*a ix*], sont des œuvres certaines, mais secondaires, de Jacques de Besançon. Les autres peintures sont d'une main différente et très inférieures d'exécution.

XXXIX.

Boccace. Des nobles et cleres femmes..... Imprimé à Paris ce xxviii jour d'avril mil quatre cens quatre vingtz et treize par Anthoine Verard, libraire, etc. Petit in-folio. — (Bibliothèque nationale, Réserve, n° 1223 des vélins. — Van Praet, Histoire, n° 190.)

Exemplaire de dédicace au roi Charles VIII.

Sur le recto du premier feuillet est une grande miniature à pleine page, encadrée d'une bordure bleue fleurdelisée, représentant Vérard faisant hommage du volume à Charles VIII. Le monarque le reçoit assis sur un trône, revêtu de ses habits royaux. Trois seigneurs et quatre dames debout assistent à la scène.

Cette grande miniature et 79 autres plus petites insérées dans le texte sont de Jacques de Besançon.

---

1. Cet exemplaire est exposé dans la Galerie Mazarine (vitrine XXVII, n° 261), ouvert de manière à laisser voir la grande miniature de présentation et celle qui lui fait face.

XL.

La Légende dorée (traduction française de Jean de Vignay).....
Achevée de imprimer à Paris..... le 11 de juing mil CCCC
IIII^{xx} et XIII pour Anthoine Verard, libraire, demourant à
Paris, etc. In-folio, deux colonnes. — (Bibliothèque nationale,
Réserve, n° 689 des vélins. — Van Praet, Histoire, n° 29.)

Exemplaire du roi Charles VIII, très richement décoré.

En tête du volume est une grande miniature montrant le roi, et,
dans un registre inférieur, la reine Anne de Bretagne en prières devant
la Cour Céleste qui environne le Christ et la Vierge. Cette grande
miniature n'est pas de Jacques de Besançon [1].

Jacques de Besançon, au contraire, a pris une part importante à
l'illustration du corps même du volume, consistant en un grand
nombre d'autres miniatures plus petites. Sur ces miniatures, 218 sont
de sa main, dont : 10 dans le texte occupant la largeur d'une colonne,
114 en hauteur sur les marges, et, correspondant à celles-ci, autant
d'images très réduites, placées comme le seraient des lettres ornées,
en tête de chacune des vies de saints. Ces œuvres de Jacques de
Besançon sont aux feuillets 1 à 148 (moins le fol. 130), 204 b à 212,
222 à 228 et 262 (marqué par erreur ccxlii) à 284.

Dans deux d'entre elles (fol. 30 et 81 b), est représenté le roi de
France en oraisons. Une autre miniature consacrée à l'Adoration des
mages (fol. 32 b) trahit une distraction singulière chez l'enlumineur.
Bien que cette image serve à illustrer le passage relatif à la fête de
l'Épiphanie, l'auteur l'a traitée comme si elle se trouvait dans un
livre d'heures, à la place traditionnelle pour un pareil sujet, et il y
a inscrit dans le milieu l'indication : Ad sextam.

XLI.

L'Arbre des Batailles..... Imprimé à Paris le VIII jour de juing
mil CCCC quatre vingtz et treize par Anthoine Verard, etc.
In-folio. — (Bibliothèque nationale, Réserve, n° 321 des
vélins. — Van Praet, Sciences et Arts, n° 114.)

Très bel exemplaire richement enluminé.

Jacques de Besançon y a peint deux grandes miniatures. L'une, en

---

1. Cette miniature, où la tête du roi est un portrait soigneusement étudié, d'un caractère très individuel, est exposée dans la Galerie Mazarine
(vitrine XXVII, n° 263).

tête du prologue, montre Vérard à genoux, offrant le livre, non pas au roi Charles VIII, comme l'a cru Van Praet, mais à un prince du sang qui paraît être le comte Charles d'Angoulême. Ce prince est représenté assis sous un dais, en costume d'apparat, tenant dans la main droite une longue flèche. La seconde miniature, à pleine page, se trouve au verso du dernier feuillet de la table, en regard du début du texte. Elle a pour sujet l'Arbre de bataille, au pied duquel est le même prince, revêtu cette fois d'habits de promenade et le collier de Saint-Michel au cou. L'auteur de l'ouvrage est à côté de lui et paraît lui expliquer l'allégorie[1].

Le volume renferme encore 116 petites miniatures, mais elles sont de mains différentes.

XLII.

Les Chroniques de France..... — « Imprimé à Paris le dixiesme jour de septembre l'an de grace mil IIII cens quatre vins et treze par Anthoine Verard, » suivant la note finale du tome Ier. Le tome II porte : « imprimé par Jehan Maurand[2] pour Anthoine Verard le ix jour de juillet, » et le tome III : « imprimé pour Anthoine Verard le dernier jour d'aoust, » toujours de la même année 1493. Trois volumes in-folio, deux colonnes. — (Bibliothèque nationale, Réserve, n°s 725, 726 et 727 des vélins. — Van Praet, Histoire, n° 107.)

Très bel exemplaire de dédicace qui a été offert par Vérard au roi Charles VIII. En tête du tome Ier est une grande miniature représentant Vérard faisant hommage du volume à Charles VIII; celui-ci siège sur son trône, en grand costume de cérémonie, entouré des douze pairs de France, les six pairs ecclésiastiques à sa droite et les six pairs laïques à sa gauche.

Les trois volumes renferment un total de près de 1,000 miniatures, mais elles sont de différentes mains et souvent assez faibles. Ce n'est qu'au tome Ier que Jacques de Besançon a travaillé. Il a peint dans ce volume la miniature de présentation, une autre grande miniature en tête du texte, feuillet 1[3], et 94 petites miniatures, dont 90 du feuil-

---

1. Le volume est exposé dans la Galerie Mazarine (vitrine XXVII, n° 264), placé de manière à laisser voir cette seconde grande miniature.

2. Cette mention de l'imprimeur Jean Maurand est citée ici d'après les exemplaires ordinaires sur papier, car, dans le présent exemplaire tiré sur vélin, Vérard a supprimé de la souscription les lignes qui la contenaient, pour ne laisser à la fin du tome II que son propre nom seul.

3. Ce tome Ier est exposé dans la Galerie Mazarine (vitrine XXVII, n° 262),

let 1 au feuillet 72 b, [toutes les miniatures, sauf celles des feuillets 8 b
et 61 b], et quatre aux feuillets 86 b, 93, 114 et 131.

XLIII.

Autre exemplaire des Chroniques de France, même édition de
Paris, Antoine Vérard, 1493. Trois volumes in-folio, deux
colonnes. — (Bibliothèque nationale, Réserve, nᵒˢ 728, 729,
730 des vélins. — Van Praet, Histoire, nᵒ 108.)

Ce second exemplaire renferme la même quantité de miniatures
que le précédent, et également de différentes mains. Jacques de
Besançon figure parmi ceux qui ont travaillé à cette illustration,
mais sa part se réduit à 57 petites miniatures d'une exécution rapide
et assez peu soignée, toutes dans le tome Iᵉʳ, feuillets 2 et 2 b, 3 et 3 b,
4 et 4 b, 5 et 5 b, 6 b, 9 et 9 b, 11, 12 et 12 b, 13, 14 et 14 b, 15 et 15 b,
17 b (2 miniatures), 19, 20 et 20 b, 22 (2 miniatures), 24 et 24 b, 25, 26
et 26 b, 27, 28, 29, 30, 31 et 31 b, 32 b, 33, 34 et 34 b, 35 et 35 b, 36,
37 b, 38 b, 39 b, 40 et 40 b, 41 b, 42, 43 b, 44 b, 45, 46 b, 47 b et 48 b.

XLIV.

La Bible des poètes..... Imprimé à Paris ce premier jour de
mars mil quatre cens quatre vings et treze [1494, n. st.], par
Anthoine Verard. In-folio, deux colonnes. — (Bibliothèque
nationale, Réserve, nᵒ 559 des vélins. — Van Praet, Belles-
Lettres, nᵒ 106.)

Très bel exemplaire qui a probablement appartenu à Charles VIII,
les armes royales de France étant peintes dans la plupart des bordures.
L'illustration, soignée d'exécution et très chatoyante de coloris, est
entièrement de la main de Jacques de Besançon. Elle comprend un
total de 243 miniatures, dont 16 grandes accompagnées de riches
encadrements à compartiments qui recouvrent les grandes figures sur
bois de l'édition, et 227 petites placées dans les colonnes.

XLV.

Autre exemplaire de la Bible des poètes; même édition de 1493
[1494, n. st.]. — (Bibliothèque nationale, Réserve, nᵒ 560 des
vélins. — Van Praet, Belles-Lettres, nᵒ 107.)

Cet exemplaire, aujourd'hui incomplet de deux ou trois feuillets,

---

et le volume est ouvert à l'endroit de la première grande miniature du
texte peinte par Jacques de Besançon.

comprenait le même nombre de miniatures que le précédent. Mais, sur l'ensemble de ces illustrations, il n'y a que neuf grandes miniatures, celles des feuillets portant les signatures *b iij*, [*c viii*], *e iii*, *h iii*, *m v*, *o iii*, [*p vii*], *r iiii* et *x i*, qui soient de la main de Jacques de Besançon.

XLVI.

L'Orloge de sapience..... Imprimé à Paris ce diziesme jour de mars mil quatre cens quatre vings et treze [1494, n. st.], par Anthoine Verard, libraire, etc..... In-folio. — (Bibliothèque nationale, Réserve, n° 359 des vélins. — Van Praet, Théologie, n° 463.)

Superbe exemplaire de dédicace offert au roi Charles VIII par Antoine Vérard.

L'illustration, très brillante et très soignée, surtout dans les grandes miniatures, est entièrement de la main de Jacques de Besançon. Elle comprend 4 grandes miniatures et 21 petites, toutes accompagnées de riches bordures.

La première grande miniature, à pleine page, occupe la place du titre, au recto du premier feuillet. On y voit Antoine Vérard, un genou en terre, son bonnet près de lui, offrant le volume au roi de France, pendant que celui-ci est en prière sur un prie-Dieu dans son oratoire. Les trois autres grandes miniatures sont aux feuillets portant les signatures *a i* (le religieux auteur du traité, accompagné de la Sagesse qui tient une horloge à la main, assis, lisant son œuvre, et ayant devant lui, debout, le roi de France suivi de quatre seigneurs), [*a v*] (la Sagesse dans un réfectoire de moines) et *n iii* (vision d'un religieux). Dans les petites miniatures figure presque toujours comme personnage principal « le disciple » auquel la divine Sagesse donne ses enseignements. Ce disciple, dans cet exemplaire enluminé pour Charles VIII, est partout représenté sous le costume du roi de France.

XLVII.

Autre exemplaire de l'Orloge de sapience, même édition. — (Bibliothèque nationale, Réserve, n° 360 des vélins. — Van Praet, Théologie, n° 464.)

Exemplaire du comte Charles d'Angoulême.

Ce second exemplaire, dont l'exécution a été aussi soignée que celle du premier, est également illustré en entier par Jacques de Besançon.

La miniature de présentation est ici supprimée en tête du volume et remplacée par le simple titre imprimé, et il y a trois petites miniatures de moins. L'illustration comprend donc seulement trois grandes miniatures aux feuillets portant les signatures *a i* (l'auteur du traité, debout, accompagné de la Sagesse, ayant devant lui un groupe d'auditeurs, hommes et femmes), [*a v*] (un religieux à genoux entre la Sagesse et le démon tentateur), et *n iii* (la Sagesse dans un réfectoire de moines); et dix-huit petites.

. Ces images reproduisent le même cycle de sujets que dans le premier exemplaire; mais pour chacune d'elles les détails de composition sont différents d'un volume à l'autre. En outre, dans toutes les miniatures, au lieu du roi de France, c'est le comte d'Angoulême, représenté vêtu d'une robe dorée doublée d'hermine, portant un chaperon noir sur l'épaule et une aumônière bleue à la taille, qui est mis en scène pour figurer le « disciple ».

XLVIII.

Lancelot du Lac..... Imprimé à Paris, l'an mille quatre cens quatre vingtz et quatorze, le premier jour de juillet[1], pour Anthoine Verard, libraire, etc. Trois volumes in-folio, deux colonnes. — (Bibliothèque nationale, Réserve, n°s 614-616 des vélins. — Van Praet, Belles-Lettres, n° 378.)

Exemplaire de dédicace qui a été offert au roi Charles VIII. En tête du premier volume, à la suite du titre, a été inséré un feuillet spécialement imprimé contenant une pièce de vers adressée au roi, qui ne se trouve que dans ce seul exemplaire. Le recto de ce feuillet est occupé presque en entier par une grande miniature. Celle-ci représente au premier plan un combat à la lance entre un grand nombre de chevaliers. Dans le fond du tableau on voit deux tribunes. L'une, celle de droite, est occupée par les cinq juges du combat. Dans l'autre, à gauche, le roi Charles VIII en personne est assis, et devant lui s'agenouille Vérard, qui lui fait hommage d'un volume de l'exemplaire[2].

L'illustration des trois volumes de cet exemplaire comprend un très grand nombre de miniatures, grandes ou petites[3], peintes en surcharge

---

1. Cette mention est celle du tome Ier, le seul de l'exemplaire qui renferme des miniatures de Jacques de Besançon. Le tome III porte : « Imprimé à Paris le derrenier jour d'apvril mil quatre CCCC quatre vingtz et quatorze. »

2. Ce volume est exposé dans la Galerie Mazarine (vitrine XXVII, n° 267), ouvert de manière à laisser voir la grande miniature de présentation.

3. Van Praet indique 13 grandes miniatures et 140 petites; mais ces

sur les bois de l'édition ou insérées dans les colonnes de texte à la place des sommaires. Jacques de Besançon a collaboré à l'exécution des images, mais seulement pour le tome I. Il y a peint la grande miniature de présentation décrite plus haut, une seconde grande miniature au feuillet suivant, représentant une réunion de chevaliers de la Table ronde, et 129 petites miniatures placées dans les colonnes aux feuillets 2 à 7, 9 à 53, 61 à 65, 68, 70, 73 à 84, 90 à 104, 107, 109, 112 à 145, 152 à 167, 182 à 190, 192 à 205, 208 à 225, 229 à 232 et 235 à 242. Les autres images du tome I et toutes celles des tomes II et III sont de mains différentes et d'une valeur très inférieure.

XLIX.

Traité d'amours, intitulé : Pamphille..... Achevé de imprimer le xxiii jour de juillet mil CCCC quatrevingz quatorze, pour Anthoine Verard, marchand libraire demourant à Paris, etc. In-4°. — (Bibliothèque nationale, Réserve, n° 1078 des vélins. — Van Praet, Belles-Lettres, n° 132.)

Exemplaire de dédicace qui a été offert par Vérard au roi Charles VIII. En tête de l'ouvrage est une grande miniature, occupant trois quarts de page, représentant l'hommage du volume au souverain. La scène se passe au milieu d'une partie de chasse dans une forêt. Le roi, à qui le libraire agenouillé tend le livre relié en rouge, est à pied, en habits courts, sans autre marque de sa dignité qu'une couronne d'or placée sur son bonnet, et portant un faucon sur son poing gauche. Il est suivi par trois de ses compagnons de chasse. Dans le fond, des écuyers tiennent en main les chevaux des quatre chasseurs.

Indépendamment de cette grande image, le volume renferme encore 60 miniatures plus petites dans le texte. Jacques de Besançon est l'auteur de la miniature de présentation et des 23 petites miniatures qui suivent immédiatement celle-ci dans le corps de l'ouvrage jusqu'au feuillet [d viii]. Les autres illustrations sont d'une autre main et très inférieures aux premières.

L.

Le grant Boece, de Consolation..... Imprimé à Paris pour Anthoine Verard, le xix jour du moys d'aoust mil CCCC IIII^xx et XIIII.

---

chiffres ne se rapportent qu'au tome Ier seul, et les deux autres sont illustrés avec autant de luxe.

In-folio. — (Bibliothèque nationale, Réserve, n⁰ 488 des vélins. — Van Praet, Sciences et Arts, n⁰ 19.)

Cet exemplaire[1] n'est pas, comme l'a dit à tort Van Praet, celui que Vérard a offert à Charles VIII, mais bien l'exemplaire qui a été tiré sur vélin et enluminé pour le comte Charles d'Angoulême sur la com- mande et aux frais de ce prince. Il est mentionné dans le compte de Vérard cité plus haut, p. 46.

Il renferme six grandes miniatures d'une exécution soignée, chacune avec un bel encadrement à compartiments, toutes de la main de Jacques de Besançon. La première, en tête du prologue de l'édition, représente Vérard faisant hommage de l'exemplaire au comte Charles d'Angoulême, qui le reçoit assis sous un dais. Les cinq autres sont placées au début de chacun des cinq livres de Boëce.

LI.

L'Ordinaire des crestiens..... Imprimé à Paris l'an mil CCCC nonante quatre pour Anthoine Verard, etc. Petit in-folio. — (Bibliothèque nationale, Réserve, n⁰ 356 des vélins. — Van Praet, Théologie, n⁰ 458.)

Très bel exemplaire de présentation qui a été offert par Vérard au roi Charles VIII.

L'illustration comprend une grande miniature à pleine page en tête du volume et vingt autres miniatures peintes sur les marges, tantôt sur le côté, tantôt dans le bas, placées au milieu d'une riche bordure à compartiments. La grande miniature représente le libraire Vérard, à genoux, faisant hommage à Charles VIII du présent exemplaire revêtu d'une reliure de velours rouge. Un moine debout, qui doit être l'auteur du traité, plutôt que le grand aumônier comme l'a sup- posé Van Praet, lui sert d'introducteur. Le roi, vu de trois quarts à droite, est également debout. Il est en grand costume d'apparat, cou- ronne royale en tête et le collier de Saint-Michel au cou. A sa gauche se tient un prince au visage barbu ayant également le collier de Saint- Michel et portant une couronne de duc sur la tête.

Cette miniature est l'œuvre de Jacques de Besançon. Le maître a peint également dix-sept des autres miniatures aux feuillets portant les signatures *b ii*, *c iiii* [*c vii*], *d ii*, *d iii*, *d iiii* [*d vii*], *e i*, *e ii*, *e iii*, *e iiii* [*e vii*], [*e viii*], [*g viii*], *h iii*, *i vi* et *k iii*. Seules, les trois images des feuillets *d i* et [*d viii*] recto et verso sont d'une main différente.

---

1. Il est exposé dans la Galerie Mazarine (vitrine XXVII, n⁰ 266), ouvert à une des grandes miniatures.

LII.

Autre exemplaire de l'Ordinaire des crestiens, même édition. — (Bibliothèque nationale, Réserve, n° 357 des vélins. — Van Praet, Théologie, n° 459.)

Exemplaire imprimé et illustré pour le comte Charles d'Angoulême sur sa commande et à ses frais; mentionné dans le compte de Vérard.

L'illustration comprend une grande miniature à pleine page en tête du texte, représentant l'auteur debout lisant son ouvrage à un groupe d'auditeurs, et trente miniatures placées dans des bordures sur les marges comme dans l'exemplaire précédent.

Sur les trente miniatures des bordures, dix sont de la main de Jacques de Besançon, aux feuilles portant les signatures *e ii*, *e iii*, *e iiii* [*e vii*], *h iii*, [*h v*], [*h vi*], [*s vi*], *x ii* et *y ii*.

Les autres miniatures, y compris la grande, sont d'une main différente.

LIII.

Miroir historial de Vincent de Beauvais, traduit en français par Jean de Vignay. — Imprimé à Paris l'an mil CCCC quatre vingtz et quinze, le xxixe jour de septembre, pour Anthoine Verard [1]. In-folio, relié en huit volumes, deux colonnes. — (Bibliothèque nationale, Réserve, n°s 642-649 des vélins. — Van Praet, Belles-Lettres, n° 452.)

Dans le tome I de cet exemplaire, les deux premiers grands bois de l'édition, au verso du titre et au début du texte, fol. 11, ont été coloriés par Jacques de Besançon.

LIV.

La Vie des Pères en françoys..... Imprimé à Paris, le xv jour d'octobre mil CCCC quatre vingtz et quinze, par Anthoine Verad (*sic*), libraire et marchant, etc..... In-folio, deux colonnes. — (Bibliothèque nationale, Réserve, n° 688 des vélins. — Van Praet, Histoire, n° 28.)

Ce volume renferme 126 images peintes.

Parmi elles, Jacques de Besançon a colorié un grand bois de l'édi-

---

1. Cette indication de date est celle du tome Ier. Le tome V et dernier a été achevé d'imprimer le 7 mai 1496.

tion, représentant le Paradis, qui occupe une page entière à la fin de la table placée en tête du volume, au verso du feuillet [*b iiii*]. Les autres images sont d'une main différente et très inférieure.

LV.

Le livre intitulé : l'Art de bien vivre et de bien mourir. — Les exemplaires ordinaires portent, à la fin du traité de l'Art de bien vivre : « Imprimé à Paris, le xx jour de juing mil CCCC quatre vingz et XVI, pour Anthoine Verard. » Mais cette indication est effacée dans cet exemplaire sur vélin. — (Bibliothèque nationale, Réserve, n° 355 des vélins. — Van Praet, Theologie, n° 450.)

Dans ce volume, toutes les figures sur bois, au nombre de soixante-trois, ont été enluminées par Jacques de Besançon.

LVI.

Le Gouvernement des princes. Le Trésor de noblesse. Et les Fleurs de Valère le Grant. — Les exemplaires ordinaires portent, à la fin de la table qui est placée au début du recueil, une souscription renfermant la mention suivante : « Lesquelz traictez ont été imprimés à Paris par Anthoine Verard....., l'an de grace mil quatre cens quatre vingz et XVII, le xv jour de septembre. » Mais, dans le présent exemplaire, cette souscription a été entièrement grattée. In-folio, deux colonnes. — (Bibliothèque nationale, Réserve, n°ˢ 411, 412 et 413 des vélins. — Van Praet, Jurisprudence, n° 80.)

Exemplaire offert par Vérard à Charles VIII.

Il est partagé en trois volumes dont chacun contient un des trois traités[1]. En tête de chacun d'eux a été ajouté un feuillet séparé portant au recto, écrit à la main, en gros caractères, le titre du traité suivi de la mention : « Pour le roy », et, au verso, une grande miniature à pleine page, entourée d'un encadrement fleurdelysé. Ces trois grandes miniatures sont de Jacques de Besançon. La première, en tête du *Gouvernement des princes* (n° 411 des vélins), représente Vérard offrant son livre au roi; celui-ci est assis sous un dais, couronne en tête, en habits de drap d'or. Les deux autres miniatures montrent les auteurs des traités écrivant leurs œuvres.

---

1. Cette division de l'exemplaire en trois volumes doit remonter à l'époque même de la remise du livre au roi. Elle existait déjà au xvıᵉ siècle, alors que les trois volumes faisaient partie de la bibliothèque royale de Blois.

LVII.

La Nef des Folz du Monde. — Les exemplaires ordinaires de cette traduction française du *Narrenschiff* de Sébastien Brandt portent l'indication : « Imprimée pour maistre Jehan Philippes Manstener et Geoffroy de Marnef, libraires de Paris, l'an de grace M CCCC XCVII [1498, n. st.[1]]. » Mais cette souscription a été effacée dans cet exemplaire sur vélin et remplacée par la marque de Vérard, tracée en or sur fond rouge. In-folio. — (Bibliothèque nationale, Réserve, n° 607 des vélins. — Van Praet, Belles-Lettres, n° 344.)

Sur 116 images peintes qui ornent ces exemplaires, 53 sont de la main de Jacques de Besançon, aux fol. 1-38 et 57-62.

LVIII.

.Le Tresor de l'âme [par Robert]. — Imprimé à Paris par Anthoine Verad (*sic*). Petit in-folio. — (Bibliothèque nationale, Réserve, n° 350 des vélins. — Van Praet, Théologie, n° 441.)

Exemplaire qui paraît avoir été préparé pour la reine Anne de Bretagne.

Au verso du 6e feuillet est une grande miniature de Jacques de Besançon représentant Vérard qui fait hommage du livre à la reine de France.

LIX.

Les Faiz maistre Alain Charetier. — Les exemplaires ordinaires portent à la fin l'indication : « Imprimez à Paris par Pierre le Caron, marchant libraire demourant à Paris en la rue de Quiquenpoit. » Mais, dans cet exemplaire sur vélin, on a effacé la souscription et la marque de Pierre le Caron pour peindre à la place le monogramme d'Antoine Vérard. — (Bibliothèque nationale, Réserve, n° 582 des vélins. — Van Praet, Belles-Lettres, n° 238.)

Dans ce bel exemplaire, Jacques de Besançon a peint quatre grandes miniatures aux feuillets 1 *b*, 2, 65 *b* et 66, et dix-huit petites miniatures,

---

1. L'indication donnée s'applique évidemment aux premiers mois de 1498 avant Pâques, car il est dit dans le prologue que le travail de traduction de l'ouvrage de Brandt n'a été terminé qu'en décembre 1497.

toutes placées en marge au milieu de larges bordures à compartiments, aux feuillets 42, 45 *b*, 62 *b*, 71, 73, 79 *b*, 82, 104, 112, 114, 115, 117, 119 *b*, 120, 122 *b*, 124, 127 et 128 *b*.

LX.

Les Apologues et Fables de Laurent Valle, translatées de latin
    en françois [par Guillaume Tardif]. — Impression de Vérard,
    dont la marque est peinte à la fin de l'exemplaire. Petit
    in-folio. — (Bibliothèque nationale, Réserve, n° 611 des
    vélins. — Van Praet, Belles-Lettres, n° 357.)

Exemplaire qui a été offert au roi Charles VIII. Le feuillet du titre
des exemplaires ordinaires est ici remplacé par un feuillet spécialement imprimé contenant une dédicace au roi. Sur le reste de ce feuillet, Jacques de Besançon a peint une grande miniature représentant
Vérard à genoux faisant hommage de l'exemplaire à Charles VIII.
Celui-ci le reçoit, debout, ayant à son côté la reine Anne de Bretagne, également debout, tous deux en grand costume royal, couronne en tête. Huit personnages de la cour assistent à cette présentation, qui se passe dans une salle du palais. Autour de la miniature
court un large encadrement bleu fleurdelysé d'or.

C'est à cette miniature de présentation que se réduit la part de
Jacques de Besançon dans ce volume qui renferme encore plusieurs
autres peintures, dont une grande en tête du texte.

LXI.

Le second volume de Merlin[1]. — [Imprimé pour Vérard.] In-
    folio. — (Bibliothèque nationale, Réserve, n° 1123 des vélins.
    — Van Praet, Belles-Lettres, n° 376.)

Huit miniatures peintes par Jacques de Besançon à la place des
figures sur bois des exemplaires ordinaires. Exécution très rapide et
négligée.

LXII.

Tristan, chevalier de la Table ronde, nouvellement imprimé à
    Paris. — Édition donnée par Vérard en deux volumes in-folio,
    deux colonnes. Tome Ier seul. — (Bibliothèque nationale,

---

1. Tome II seul de cette édition en deux volumes.

Réserve, n° 623 des vélins. — Van Praet, Belles-Lettres, n° 382.)

Exemplaire exécuté sur commande pour le comte Charles d'Angoulême; mentionné dans le compte d'Antoine Vérard.

Quatre-vingt-trois miniatures, toutes de Jacques de Besançon, peintes avec assez de soin et beaucoup d'éclat, dont deux grandes accompagnées de bordures aux feuillets 1 et 172 b, et les autres petites placées dans les colonnes du texte.

Suivant son compte, Vérard avait également livré au comte d'Angoulême le tome II de cet exemplaire orné de deux grandes miniatures et 90 petites. Ce tome II n'est pas à la Bibliothèque nationale.

LXIII.

Ogier le Danois. — Imprimé à Paris pour Anthoine Verard, libraire. In-folio. — (Bibliothèque nationale, Réserve, n° 1125 des vélins. — Van Praet, Belles-Lettres; n° 384.)

Cinquante-sept images peintes, toutes de Jacques de Besançon, sauf deux aux fol. *a ii* et *iii*. Plusieurs d'entre elles, notamment au fol. *m iiii*, ont été retouchées.

LXIV.

Le Recueil des histoires troiennes, par Raoul Le Febvre......, imprimé à Paris par Anthoine Verard, libraire, etc. Petit in-folio à longues lignes. — (Bibliothèque nationale, Réserve, n° 628 des vélins. — Van Praet, Belles-Lettres, n° 393.)

Bel exemplaire de présentation. Cet exemplaire est celui que Vérard a offert au roi Charles VIII. Il a été spécialement approprié à sa destination, non seulement en ce qui concerne l'illustration, mais encore sous le rapport typographique. En effet, en tête du premier livre de l'ouvrage, au lieu du préambule de l'auteur, Raoul Le Febvre, qui figure dans les exemplaires ordinaires et qui est adressé au duc de Bourgogne, on trouve une dédicace spéciale à Charles VIII. Dans ce morceau, Vérard, parlant en son propre nom, rappelle les dons déjà faits au souverain de plusieurs volumes imprimés antérieurement par lui. « Après tous beaux et excellens livres que j'ay faiz pour vous, mon très redoubté et souverain seigneur et très crestien roy .de France, Charles, huitiesme de ce nom, comme Orose[1], Josephus[2], les Croniques

---

1. Deux volumes in-folio, imprimés par Vérard en 1491. — Van Praet, Histoire, n° 18.

2. Imprimé en 1492, n° XXXVII de notre présent *Catalogue de l'œuvre*.

et faiz de vos prédécesseurs roys de France [1], et aultres livres tant de hystoriographie que aultrement;... je vous ay faict cestuy cy nommé le Recueil des hystoires troyennes. » Au-dessus des premières lignes de cette dédicace a été ménagée la place nécessaire pour une grande miniature représentant Vérard faisant hommage au roi de l'exemplaire qu'il lui avait destiné.

L'impression a été également remaniée au commencement du second et du troisième livre, feuillets *k ii* et [*q vii*], afin d'obtenir un espace vide qui a été rempli chaque fois par une grande miniature. Il est résulté de ce remaniement un excédent de texte à la fin du livre précédent. Cet excédent a été dans les deux cas transcrit à la main, en caractères imitant l'impression, sur des feuillets intercalés.

L'illustration est entièrement de la main de Jacques de Besançon, exécutée avec soin et très chatoyante de couleur. Elle comprend les trois grandes miniatures que j'ai déjà mentionnées, placées en tête de chacun des trois livres, et quatre-vingt-treize autres miniatures plus petites placées dans le texte.

LXV.

Autre exemplaire du même Recueil des histoires troiennes, même édition. — (Bibliothèque nationale, Réserve, n° 629 des vélins. — Van Praet, Belles-Lettres, n° 394.)

Dans cet exemplaire, on ne trouve aucun des remaniements typographiques qui ont été signalés dans le précédent. Le texte débute par le prologue de Raoul Le Febvre et non par la dédicace de Vérard, et il n'a pas été ménagé d'emplacement pour de grandes images.

Quatre-vingt-dix-sept miniatures, toutes insérées dans le texte. Cette série d'illustrations est également en entier de la main de Jacques de Besançon, mais d'une exécution beaucoup plus rapide et moins soignée que dans le volume offert au roi.

Les détails des compositions diffèrent d'un exemplaire à l'autre; et parfois même les sujets ne concordent pas.

LXVI.

Froissart, des Chroniques de France, d'Angleterre, etc....., imprimé pour Anthoine Verard. Quatre volumes in-folio, deux colonnes. — (Bibliothèque nationale, Réserve, n°ˢ 743-746 des vélins. — Van Praet, Histoire, n° 118.)

Exemplaire luxueusement décoré. Jacques de Besançon y a peint,

---

1. Trois volumes in-folio, imprimés en 1493, n° XLII du présent *Catalogue de l'œuvre*.

dans le tome I, une grande miniature à pleine page au verso du feuillet qui suit la table, en tête du volume [*a viii*], et trois petites miniatures dans le texte aux fol. 201, 204 et 243.

LXVII.

Autre exemplaire de la même édition de Froissart. Tome Ier dépareillé. — (Bibliothèque nationale, Réserve, n° 747 des vélins. — Van Praet, Histoire, n° 119.)

Dans cet exemplaire du tome I, toutes les petites miniatures placées dans le texte, sur la largeur d'une colonne, au nombre de 26, sont de Jacques de Besançon.

LXVIII.

La Danse macabre, et les trois mors et les trois vifs. — (Bibliothèque nationale, Cabinet des estampes, Te 8, Réserve. — Van Praet, Belles-Lettres, n° 234.)

Cinq feuilles imprimées d'un seul côté et collées sur trois cartons[1]. Les figures y sont disposées en deux séries superposées.

Toutes les figures sont enluminées ; celles des deux premières feuilles (recto et verso du premier carton), de la main de Jacques de Besançon.

---

1. Les cartons sont précédés d'un feuillet de garde sur lequel sont peintes les armoiries de France, soutenues par deux anges. — Cet exemplaire vient de la « librairie » ou bibliothèque royale de Blois.

TABLE

DES LIVRES, MANUSCRITS OU IMPRIMÉS,
MENTIONNÉS DANS LE CATALOGUE DE L'ŒUVRE DE JACQUES DE BESANÇON.

BIBLIOTHÈQUE DE M. DE VILLENEUVE : (XXXVᴮ).
COLLECTION HAMILTON. Vente de 1889, Nᵒˢ 12 (XXIX) et 79 (XV).
BIBLIOTHÈQUE FIRMIN-DIDOT : (XIV).
LIBRAIRIE FONTAINE : (XVIII).
COLLECTION DURRIEU : (X et XIX).

TABLE DES PROVENANCES.

PERSONNAGES POUR LESQUELS JACQUES DE BESANÇON A TRAVAILLÉ, OU QUI ONT POSSÉDÉ, DU VIVANT DU MAÎTRE, DES LIVRES ILLUSTRÉS PAR LUI.

LOUIS XI : XXI, XXII.
CHARLES VIII : XXXVII, XXXIX, XL, XLII, (?) XLIV, XLVI, · XLVIII, XLIX, LI, LVI, LX, LXIV.
LOUIS XII : XXXVᴬ.
ANNE DE BRETAGNE : (?) LVIII.
HENRI VII, roi d'ANGLETERRE : (?) XVᴬ.
CHARLES D'ORLÉANS, comte d'ANGOULÊME : XLI, XLVII, L, LII, LXII.
Ducs de BOURBON : XXVI, XXVII, XXXVᴬ, XXXVᴮ.
Duc de BRETAGNE : XXIV.
JACQUES D'ARMAGNAC, duc de NEMOURS : XXV, XXVᴬ, XXVI et XXVI bis, XXVII, XXVIIᴬ, XXIXᴬ, XXIXᴮ.
RENÉ II, duc de LORRAINE : XIV.
Le cardinal D'AMBOISE : XXXIV.
PIERRE DE LUXEMBOURG, comte de SAINT-POL : XII.
PHILIPPE DE CLÈVES : XII.
LOUIS MALET DE GRAVILLE, amiral de France, et sa fille ANNE : XXIIIᴬ, XXXII, XXXV.
PHILIPPE [et peut-être JEAN] DE COMINES : XXVIII, XXXI et XXXI bis.
CHARLES DE GAUCOURT, chambellan du roi : XXXII.
ANTOINE DE CHOURSES, seigneur de Maigne, chambellan du roi : XXIIᴬ, XXXIII.
TANNEGUY DU CHATEL, chambellan du roi : XXV, XXVIIᴬ.
Famille LE JAY, de Paris : XIX.
ROBERT GAGUIN, général des Mathurins : XX.
PIERRE MALHOSTE, bourgeois de Melun : III.

TABLE DES PLANCHES.

Nogent-le-Rotrou, imprimerie DAUPELEY-GOUVERNEUR.

Héliog Dujardin.

MARTYRE DE Ste URSULE

MIROIR HISTORIAL du Duc de Nemours (Bibl. Nat. Ms fr 51)

L'ENFER

CONPENDION YSTORIAL du duc de Nemours (Bibl. Nat. Ms fr 9·86)

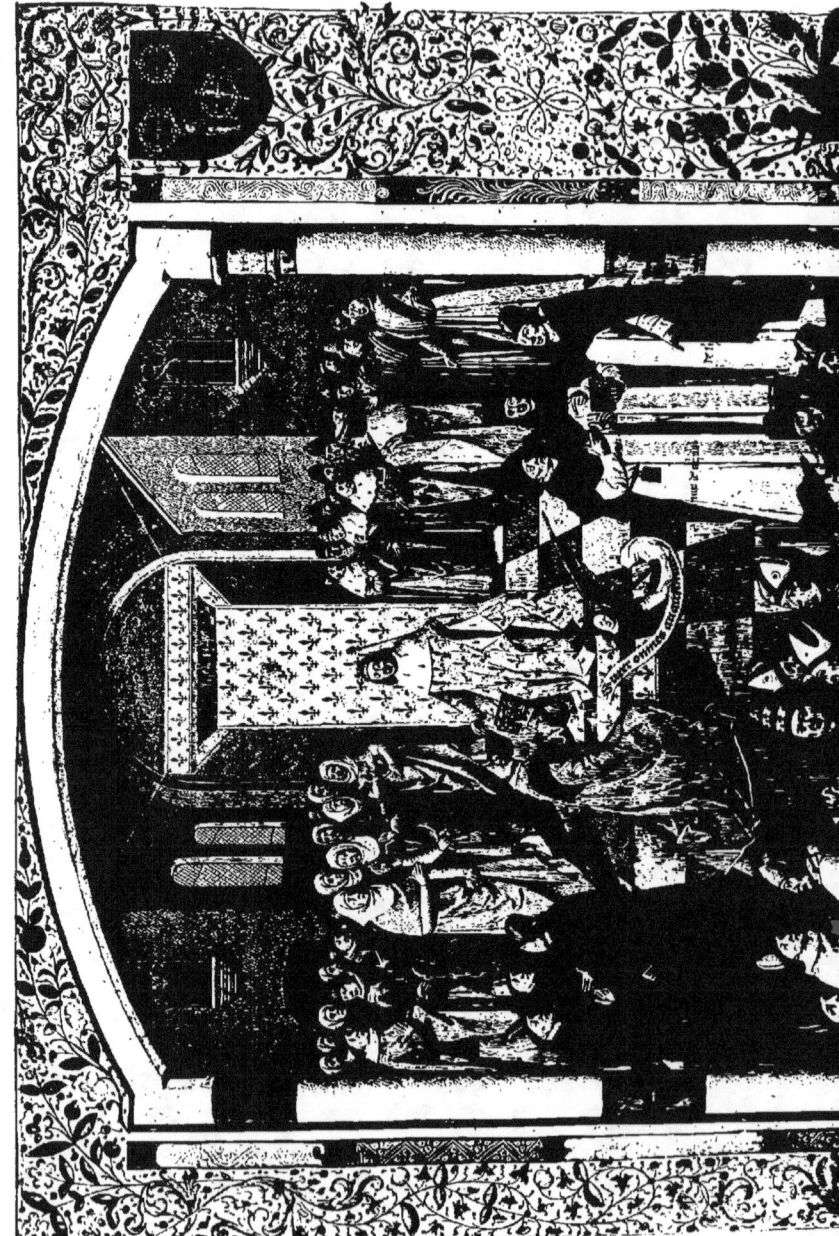

RAOUL DE PRESLES PRESENTANT AU ROI SA TRADUCTION DE Sᵗ AUGUSTIN

Frontispice de la CITÉ DE DIEU de Charles de Gaucourt (Bibl. Nat. Ms. Fr. 18.)

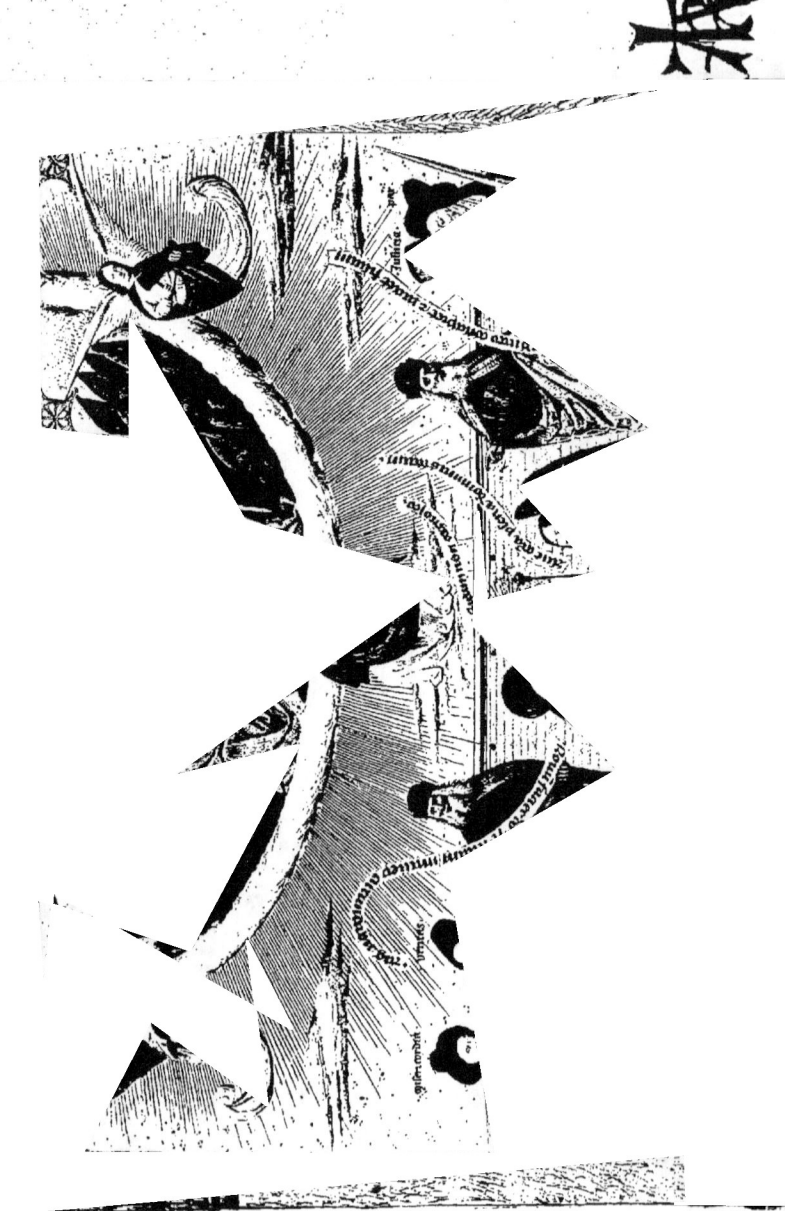

L'ANNONCIATION

LIVRE DORÉ d'Antoine de Chourses (Bibl. Nat. Ms. fr. 244)

Photo S. Duardin

PUBLICATIONS

DE LA SOCIÉTÉ DE L'HISTOIRE DE PARIS.

MÉMOIRES DE LA SOCIÉTÉ DE L'HISTOIRE DE PARIS. *Paris*, 1874-1890, 17 vol. in-8°. 136 fr.

PLAN DE PARIS par Truschet et Hoyau. 8 feuilles in-plano dans un carton, et notice publiée par J. Cousin. *Paris*, 1875, in-8°. 30 fr.

PARIS PENDANT LA DOMINATION ANGLAISE (1420-1436); documents extraits des registres de la chancellerie de France, par A. Longnon. *Paris*, 1878, in-8°.

LES COMÉDIENS DU ROI DE LA TROUPE FRANÇAISE; documents recueillis aux Archives nationales, par E. Campardon. *Paris*, 1879, in-8°.

JOURNAL D'UN BOURGEOIS DE PARIS (1405-1449), publié par A. Tuetey. *Paris*, 1881, in-8°.

DOCUMENTS PARISIENS SUR L'ICONOGRAPHIE DE SAINT LOUIS, publiés par A. Longnon. *Paris*, 1882, in-8°.

JOURNAL DES GUERRES CIVILES DE DUBUISSON-AUBE-NAY, publié par G. Saige. *Paris*, 1883-1885, 2 vol. in-8°.

POLYPTYQUE DE L'ABBAYE DE SAINT-GERMAIN-DES-PRÉS, rédigé au temps de l'abbé Irminon, publié par A. Longnon. *Paris*, 1886, 2 vol. in-8°. (Le tome I est sous presse.)

L'HOTEL-DIEU DE PARIS AU MOYEN AGE. Histoire et documents, publiés par E. Coyecque. *Paris*, 1889-1891, 2 vol. in-8°.

ÉPITRE DE G. FICHET SUR L'INTRODUCTION DE L'IM-PRIMERIE A PARIS, publiée en fac-similé, avec préface par L. Delisle. *Paris*, 1889, in-8°.

TABLE DÉCENNALE DES PUBLICATIONS DE LA SOCIÉTÉ, par E. Mareuse. *Paris*, 1884, in-8°.

BULLETIN DE LA SOCIÉTÉ DE L'HISTOIRE DE PARIS ET DE L'ILE-DE-FRANCE, 1874-1891, 18 vol. in-8°. 90 fr.

Le tome I est épuisé.

On peut se faire inscrire comme souscripteur sur la présentation de deux membres de la Société.

Le prix de la cotisation est de 15 fr. par an.

Imprimerie Daupeley-Gouverneur, à Nogent-le-Rotrou.

www.ingramcontent.com/pod-product-compliance
Lightning Source LLC
Chambersburg PA
CBHW060820250626
47162CB00005B/1882